U0025912
你喜歡的不是女兒
而是／媽媽／我!?
望公太
nozomi kota
插畫／ぎうにう
giuniu
1
no!
Kadokawa Fantastic Nov

MAMA
SUKI!?
contents

MAMA
SUKI!?
Musume janakute
Mama ga
sukinano
!?

Kadokawa Fantastic Novels

序幕

♠

我和綾子小姐初次相遇，是在一場悲劇之中。

「——我來收養這孩子。」

凜然的說話聲，在穿著黑衣的大人們之間響起。儘管音量不是很大，那道強而有力，彷彿帶著堅定決心的沉靜嗓音，卻像是要撕裂現場陰鬱的氣氛一般。

事情發生在喪禮之後。

住在我家隔壁的那對夫婦——在交通意外中過世了。

兩人一起去了天堂。

當時十歲的我一頭霧水，被父母帶著一同參加了喪禮。

對於一切都懵懵懂懂。

不管是上香、奠儀這些喪禮的流程——還是人死去的這件事情。

去世的兩人——非常地親切善良。早上看到要去小學上課的我，總會笑容滿面地跟我打招呼，還曾經和我的家人一起在院子裡烤肉。

雖然我不是很懂人死去是怎麼一回事，可是一想到再也見不到他們兩人，我就覺得好傷心。

然後，我想到——美羽妹妹以後不曉得會如何。

去世的夫婦有個五歲的女兒。

聽說他們原本打算去接在托兒所的美羽妹妹，然後一家三口在外用餐——卻在去接女兒的途中，不幸發生了意外。

美羽妹妹再也見不到自己的爸爸、媽媽了。

感覺是一場天大的悲劇。

但是……

美羽妹妹本人卻似乎還無法理解狀況。喪禮過程中，她始終露出一臉呆愣的表情，表現得十分乖巧安分。

她可能還不明白自己的爸媽已經死了。

甚至連人死去是怎麼回事也不知道。連十歲的我都不是很懂了，才五歲的她

恐怕更無法理解吧。

身穿黑衣的大人們，接連對那樣的她投以「真可憐」這句話。就這麼你一言、我一語地說著。

宛如——一口咬定她就是如此令人哀憫。

宛如——要把那句話灌輸到她腦中。

在靜謐氣氛下舉行的法會結束後，大人們在榻榻米房內開始聚餐，這樣的餐會好像叫做精進落（註：原本用意是解除喪禮齋戒。現在則有供養故人，對前來弔唁者致謝的意義）。餐桌上排放著酒和壽司。

幾杯黃湯下肚後——一副早就在等待這個時機到來般，大人們開始聊起現實的話題。現實、庸俗，又斤斤計較的話題。

——我就說，我家沒辦法收養啦。

——我家也不行啊，畢竟家裡已經有三個小孩了。

——那大哥怎麼樣？你不是還單身嗎？

——別開玩笑了。要是有小孩，我就更結不了婚了。

——看來只能送去育幼院了。

——不行，要是送去育幼院，我們的面子該往哪裡擺？

——就是啊，感覺好像是我們把她趕出去似的。

——既然這樣，那媽妳來照顧她不就得了？

——我光是照顧你爸就已經忙不過來了。你也不要老是交給我，稍微幫忙照顧一下你爸如何？

扯嗓說話的那群人似乎是美羽的親戚們。

他們正在爭執該由誰來收養她。

簡單來說——誰也不想收養她。大家光是照顧自己和家人就費盡心力，沒有餘裕去養別人的小孩。

眾人推託得愈來愈激烈。

我不知道美羽對於大人們的話能理解到什麼程度——但是大人們似乎篤定「反正五歲小孩一定聽不懂啦」，隨心所欲地發表主張。

連我這個十歲小孩都感受得出來的醜惡氣氛瀰漫全場。

就在某人冷不防說出「與其被獨留下來，這孩子還不如和父母一起——」這種令人想把耳朵摀住的話的瞬間……

咚！

伴隨著用力拍桌的聲音響起，一名女性站起身來。

「——我來收養這孩子。」

凜然的說話聲狠狠地撕裂了陰鬱的氣氛。

「你們沒聽見嗎？我說，我要收養這孩子——收養姊姊他們的小孩。」

眼見周圍的大人們驚訝地沉默不語，她又重複了一次。

她好像是已故夫婦中，太太的妹妹。

是一位渾身散發柔和氛圍的美麗女性。

年紀大概是二十歲左右吧。

她的眼角下垂，神情溫和——此時此刻卻以蘊藏著平靜怒氣的雙眼，瞪視般的俯視著一干親戚。

「等、等一下，妳在胡說什麼啊，綾子？」

鄰座的女性神色慌張地制止她——綾子小姐。

那人似乎是她的母親。

「說什麼收養……這種事情怎麼可能辦到？妳明明今年才剛開始工作……這樣的妳怎麼有辦法照顧一個小孩……」

「媽，對不起。不過——我已經決定了。」

綾子小姐甩開母親，英姿颯爽地邁開步伐。

「就算只有一秒鐘，我也不想再讓美羽待在這種地方。」

她踩著堅定的腳步，走向坐在角落的少女。

接著蹲下來，與她視線相對。

「美羽，妳以後跟我一起住好不好？」

「跟綾子阿姨一起住……？」

「沒錯，和阿姨一起生活吧。」

「……可是，美羽比較想跟把拔、馬麻住在一起。」

「美羽的爸媽……到有點遠的地方去了。因此，已經沒辦法和妳一起生活了。」

「……所以只剩美羽了嗎？」

「是啊。不過其實呢，阿姨現在也是孤單一人。」

「綾子阿姨也是？」

「沒錯沒錯。真傷腦筋耶～雖然阿姨找到工作之後，就趁勢開始一個人生活……可是因為從出生以後一直住在老家，獨自生活讓我覺得好寂寞喔。」

「所以呢──」綾子小姐接著說。

她一邊流露溫柔的眼神，朝美羽妹妹伸出手。

「阿姨每天都好寂寞又好無聊，所以想和美羽一起住。妳說好不好？」

「……嗯，好啊。」

美羽妹妹一點頭，綾子小姐立刻像太陽般開朗地笑了。

「很好！過來吧！」

她牽起少女的手，擁入懷中。

「哇！好久沒抱妳，妳變重了耶，美羽。阿姨都快閃到腰了。」

「呵呵！阿姨好像大嬸喔。」

「啊～說這種話的壞孩子會受到這種懲罰喔？看我怎麼修理妳～」

「啊哈哈！不要啦，綾子阿姨，好癢喔！」

開心得彷彿忘了剛剛才辦完喪禮一般，兩人面露微笑。

周圍的大人們默不作聲，一句話也說不出來。那是一股任何人都無法汙染，猶如聖域的高貴氣息。

至於我——則是徹底被綾子小姐吸引了目光。

毫不猶豫地朝被神明的惡作劇打入絕望深淵的幼女伸出援手的她，在我眼中實在耀眼無比。

推翻悲劇的她，既像是氣宇軒昂的英雄，又像是慈悲為懷的聖女，讓我有種心被一把揪住的感覺。

第一章
母親與少年

♥

單親媽媽的早晨開始得很早。

必須每天一大早揉著惺忪睡眼起床，幫就讀高中的女兒做便當。

唉，為什麼高中不像國小、國中一樣供餐呢？

「……再怎麼發牢騷也不是辦法。」

我嘆了一口氣，繼續用方形平底鍋煎蛋。日式煎蛋既可當成早餐的配菜，也可以放入孩子的便當，真是主婦的好幫手呢。

看到同時烹煮的味噌湯好像快滾了，我連忙關火。

嘗一下味道。嗯，今天也很完美♪

就在我把煮好的早餐擺上餐桌時——

「哇！糟了、糟了！完全睡慘了！」

女兒美羽吵鬧地發出咚咚咚的聲響，從二樓跑下來。

「睡慘」這個動詞是女兒自己造的新詞，還是最近年輕人的用語？年過三十的我實在搞不懂。

下樓前往盥洗室，急急忙忙地準備完之後，她這才終於來到客廳。

美羽身上穿著從四月開始就讀的高中制服。

那所高中算是縣內數一數二的升學學校。雖然她的國中成績老實說不是很好，不過多虧有優秀的家教老師幫忙，她總算勉強考上了。明明是縣內多數國中生心生嚮往的名校制服，女兒卻穿得邋裡邋遢的。

啊啊，真是的，那樣亂塞衣服會讓襯衫皺巴巴啦。

虧我昨天還特地幫她燙好耶！

「媽媽，妳為什麼沒叫我起床？」

「我叫了妳好幾次，是妳自己不起來的。好了，快吃吧。妳動作要是不快點，阿巧就要來嘍。」

「我知道啦！」

女兒坐在餐桌前，慌慌張張地吃起早餐。

歌枕美羽。

儘管沒有血緣關係，卻是我——歌枕綾子的獨生女。

啊啊——不對。

嚴格來說，其實也不是沒有血緣關係。

因為她是我姊姊懷胎十月，忍痛生下的孩子。

自從那天起——

自從我在喪禮會場決定收養這孩子，開始在姊姊夫婦留下的這間房子生活，至今已經過了十年。

感覺實在有點難以置信。

一轉眼，驚濤駭浪般的十年就過去了。

雖然這之間發生過許多事——許多一言難盡的事情，但總之現在我倆已經習慣母女的關係。

光是這孩子願意叫我「媽媽」，我就有了每天努力的動力。

「啊啊～真是的……巧哥其實也不用每天來接我啊，反正我們到車站就會分開了。」

「不要說那種話，人家可是特地來接妳耶。再說……其實妳心裡也很高興不是嗎？」

「什麼意思？」

「沒什麼。只不過，妳要是太悠哉，小心阿巧會被其他女孩子搶走喔？」

我半開玩笑地說完，美羽便重重地嘆了好大一口氣。

「那個……我說過好幾次了，我和巧哥不是那種關係。他在我眼中只是普通的兒時玩伴，只是家教老師和大哥哥。真的就只有這樣。」

「咦？是這樣嗎？」

「沒錯，就是這樣，我對巧哥一點意思也沒有。而他也對我完全沒意思。」

「是喔？那好吧。」

我對語氣錯愕的美羽微微聳肩。

真是的，這孩子真不坦率。

美羽和阿巧明明就很相配呀。

而且對方想必也對美羽有意思。

畢竟天底下有哪個男人會願意每天早上都來接女生出門，卻別無用心呢？

就在此時——

家裡的門鈴響了。我走向玄關。

「早安，綾子小姐。」

一見我開門，好青年便有禮貌地打招呼。

他穿著乾淨清爽的襯衫搭配窄身牛仔褲，肩上揹著充滿時下年輕人風格的托特包，左手戴著看起來有些高級的手錶。聽說那是他考上大學時，父親買給他的祝賀禮物。

「早啊，阿巧。」

阿巧——全名左澤巧。

他是住在我家隔壁的男大生。

和美羽的關係算是青梅竹馬。

從我住進這個家之前——也就是姊姊夫婦還在世時開始，他就和美羽是互有交情的鄰居了。

十年前——我收養美羽，住進這個沒了主人的家之後，他仍繼續以鄰居身分和我們來往。

順道一提，阿巧也是美羽的家教老師。

多虧有成績優秀，就讀知名大學的他熱心指導，美羽才得以勉強考上心中志願的學校。

「抱歉喔，阿巧，美羽那孩子睡過頭了，現在還在吃飯。你可以等她一下嗎？」

「抱歉，巧哥！你等我一下！」

美羽的聲音從客廳傳來。阿巧面露苦笑。

「我知道了。話說……綾子小姐，請妳不要再叫我『阿巧』了啦，我昨天已經滿二十歲了喔？」

「呵呵呵，抱歉喔，以前的習慣一直改不掉。不過……這樣啊，阿巧也已經二十歲了呀。」

不由得感慨起來的我，定睛注視著對方。

「你小時候明明那麼可愛，不知不覺卻長這麼大了。」

初次見面時——當時只有十歲的阿巧，個子瘦小得簡直像個女孩子。

但是，自從他國中開始游泳之後，身材就開始不斷抽高，體格也變好了，如今已長成一名相貌堂堂的青年。

我忍不住跨出一步，把手放在他的頭上。他明明站在玄關矮一階的地方，頭的位置卻依舊比我高。真的是長大了呢。

結果，阿巧表情害臊地退開一步。

「請、請妳不要這樣啦，我已經不是小孩子了。」

「哎呀，對不起。我只是深深有感阿巧真的長大了，才會忍不住這麼做。」

「……妳又那樣叫我了。」

「啊，真的耶。唔嗯……因為我已經完全習慣『阿巧』這個稱呼了，突然要改口還真困難呢。畢竟我這十年來都是叫你『阿巧』嘛。」

「…………」

「取而代之地，你也可以像以前一樣叫我『綾子媽媽』喔？」

「是要取代什麼……？」

「呵呵呵，有什麼關係嘛。反正我一向把阿巧你當成兒子般疼愛呀。」

「……我不是妳兒子喔。」

喃喃地——

阿巧以嚴肅的口吻說道。

「我——不是綾子小姐的兒子。」

「阿巧……？」

「……啊！對、對不起，說了這種廢話。」

「呃，不、不會……沒關係啦。」

見到阿巧敷衍似的笑著，我也配合他笑了笑，心跳卻微微加速。

我嚇了一跳。

因為——他突然露出認真的表情。

銳利的目光，男性特有的低沉嗓音。阿巧讓我意識到他已經是一個成熟的男

人，內心不由得小鹿亂撞。

「——抱歉抱歉，搞得這麼晚！」

美羽好像吃完早餐了。她跑到玄關來穿鞋。

「讓你久等了，巧哥。」

「不會。那麼，綾子小姐，我走了。」

「我出門了～」

「好，路上小心。啊，對了對了。」

以防萬一，忽然想起一件事的我提醒兩人。

「今天傍晚……是從五點左右開始，你們兩個別遲到了。」

「好。」

「知道啦。」

像是在說「不用妳提醒」地點點頭後，兩人出了玄關。

我吐了一口氣。

每天早上送女兒出門後，「總算可以獨處了」的放鬆感，以及「變成孤單一人了」的寂寞感便同時襲來。

我不禁心想。

無意間湧現一個想法。

假使哪天美羽要離開家——和某人結婚，離開這個家。

這一次，我恐怕真的就要變得孤零零了。

明明是為了不讓美羽孤單才收養她，某天我卻得變成孤單一人——

「……不不不，現在想這些還太早了。」

女兒還只有十五歲。

才剛升上高中而已。

現在就想像那樣的未來而讓自己不安，未免太杞人憂天了。

「不過……我想想喔。如果對象是阿巧……就算她婚後和對方的父母同住，我們一樣還是鄰居，這樣我就不會寂寞了。」

嫁出去的女兒就住在走路只要一分鐘的隔壁——嗯嗯，真是太棒了！

感覺一點都不會寂寞！

阿巧是個認真的好孩子，不僅在不知不覺間長得又高又壯，更是就讀知名大學，前途無量的人才！

那樣的他當我女兒的對象簡直無可挑剔！

如此說來……果然得快點撮合他們兩人才行！

這樣我老了以後就不愁沒人照顧了！

「我真的覺得他們兩人很相配啊——嗯？」

我一邊恣意妄想，一邊回到廚房，在那裡發現了某樣東西。

用可愛包巾包起來的那東西，是我一早起來拚命做好的便當。

「啊～～真是的！」

我急忙衝出家門，朝著感情很好地走在一起的兩人背後大喊：

「等、等一下，美羽！妳忘了帶便當啦～！」

時光飛逝，收養女兒至今已經十年。

如此鬧哄哄的每天早晨，是我的日常。

送走女兒，稍微洗過碗盤和衣服之後，我便著手進行自己的工作。

從母親模式切換成社會人士模式。

我在餐桌上打開筆電，還準備了飲料。

順道一提，飲料是用「Dolce Gusto膠囊咖啡機」沖煮的「健康蔬果昔」。

這是一種喝起來十分順口，充滿水果風味的美味蔬果汁，能夠滿足一整天的黃綠色蔬菜攝取量。畢竟我也年過三十了，還是得從這種地方好好留意才行。

「——那麼，狼森小姐，我會將這次商討好的內容轉達給插畫家。另外，我也會在下週之前和寫手團隊那邊協調好內容。」

『嗯，那就拜託妳啦，歌枕。』

從電話另一頭傳來的，是狼森小姐一如既往悠然自得的回答。雖是沉穩的女性說話聲，口氣卻很男性化。她是個無論何時都一派穩重的人，我們一起工作十年了，卻從未見過她慌張的模樣。

狼森小姐是我的上司——應該說，是我所就職的公司老闆。儘管她比我年長

超過十歲，但不管是說話聲音還是外表、感受力，依舊充滿年輕氣息。

『說實在的，歌枕妳真的幫了這次的專案好大的忙。要是沒有妳，我們公司大概也接不到這份工作吧。』

「妳在說什麼啊？我不過是個微不足道的編輯罷了。」

『別謙虛了。有好多作家都是基於「如果是妳負責」這項條件，才願意接下工作的，這可是妳這十年累積下來的實績和信賴感所結出的果實。』

「十年啊……」

『沒錯，十年。嗯……自己說這種話好像有點怪，不過總覺得好不可思議啊。和歌枕妳一起工作到現在，居然已經過了十年了。』

聽見她懷念的語氣，我的意識也被拉回過去。

狼森小姐——狼森夢美。

她原本是在超有名出版社工作的王牌編輯，十年前獨立創業，成立了自己的公司「燈船」。

我則是在十年前——進入那間新公司。

至於業務內容……實在很難向人說明。

在社長「只要有趣就去做」的企業理念下，公司跨足各色娛樂事業。

我的頭銜雖然是「編輯」，實際上卻超越一般編輯的框架，涉及各式各樣的領域。最近則是主要從事為客戶與作家仲介的工作。

「……狼森小姐，我真的非常感謝妳。聽到新員工突然說『我從今天開始有小孩了』……如果是一般公司，我想自己一定馬上就被開除了。」

十年前——我在進入「燈船」沒多久後，收養了美羽。

新員工突然成了未婚的單親媽媽。

從人事的角度來看，這應該是件很離譜的事情吧。畢竟我明明在最終面試時，對於「妳有打算結婚生子嗎？」這個問題，做出了「目前沒有這個打算」的回答。

理所當然的，我因為參加托兒所的活動，因為美羽發燒而被托兒所找去等等之類的事情，進入公司沒多久後就時常早退和請特休。

坦白說，我當時真的覺得自己就算被開除也很正常。

狼森小姐卻給身旁多了個孩子的我許多方便。她不但把公司體制調整成即使我突然早退或請假，其他人也能代為處理公事，甚至同意我在家工作。

『這沒什麼好道謝的啦。打造能夠讓員工發揮全力工作的環境，本來就是公司該做的事情。而且……就算不是以社長的身分，我身為一個女人，也很想支持決定撫養姊姊夫婦的孩子的妳。』

「狼森小姐……」

『不過，妳收養的那個少女——美羽現在也已經上高中了吧？既然她已經到了不需要費心照顧的年紀，歌枕，妳是不是也該為自己的幸福著想了呢？』

「我的幸福？」

『我的意思是，妳應該去交個男朋友啦。』

狼森小姐用醉漢般纏人的語調這麼對我說。沒料到話題會突然一轉，我頓時語塞。

「男、男朋友……」

『妳這些年一直都因為顧慮美羽，沒有和誰交往對吧？妳也忍了十年了，是時候解禁去談戀愛了啦。』

「我並沒有在忍耐啊……」

『談戀愛很不錯喔，歌枕。人只要談戀愛，工作也會特別有幹勁。』

「……離過三次婚的人講這種話好沒說服力。」

『啊哈哈，因為我是個容易墜入愛河的女人嘛。』

即使我狠狠地吐槽，她也一副完全不在意的樣子。

三次離婚都是因為自己外遇——狼森夢美就是個如此奔放豪邁的女性。雖然拚了命地工作，存款卻全部都拿去付贍養費了。基本上，她身邊隨時都有大約三名男友。作為社會人士，我確實很尊敬她；可是作為一名女性……老實說，我對她毫無敬意。

我嘆了口氣，接著說：

「狼森小姐，我……還沒有打算談戀愛啦。因為現在對我來說，最重要的就是女兒美羽。」

十年前收養美羽時，我便下定決心。

同。

決定要好好養育姊姊夫婦的孩子。

儘管沒有結婚生子的經驗——然而現在的我是一名母親，立場和單身者不同。

不是可以不負責任地隨便談戀愛的身分。

假使現在的我和某人交往、結婚——對方將會成為美羽的父親。

本來——我和美羽就不是真正的母女了，要是又有「外人」成為這個家的新成員，到時不曉得會給美羽帶來多大的負擔？

「狼森小姐，妳剛才說『應該要為自己的幸福著想』……可是，我現在已經夠幸福了。」

有深愛的女兒，又能夠在姑且值得尊敬的上司底下做想做的工作。

要是再奢望更多，那就太不應該了。

『唔，這樣實在太浪費妳這個美人了。妳就快來到女人最有魅力、最想談戀愛的時期了吧？女人過了三十歲之後，性慾可是旺盛得不得了喔。妳又何苦過著每天晚上，獨自安慰自己那活力充沛的肉體的日子呢——』

「狼森小姐，就算對方是女上司，性騷擾還是成立的喔？」

『哎呀，恕我失禮了。』

大概是怕自己被告性騷擾吧，狼森小姐結束這個話題。我輕嘆一聲。

「這個嘛，其實我也不是不想要男人，只是現在實在沒心思去想那些。至少在我女兒成人之前……不對，在她大學畢業，找到工作之前，我都打算專心當個母親。」

『大學畢業……到時候妳不就要邁入四字頭了？』

「是啊，不過那也是沒辦法的事。」

我半開玩笑地說：

「假使我結不了婚，會讓女婿養我的。」

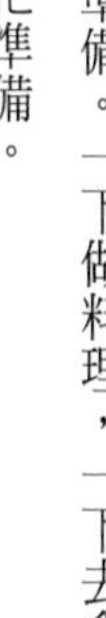

提早結束在家的工作後，我開始著手為晚上做準備。一下做料理，一下去拿事先訂好的蛋糕。放學回來的美羽也從中途開始幫忙準備。

今晚，我們要在家裡舉辦派對。

是遲了一天的阿巧的慶生會——

「嗯嗯！呃，那麼，就祝我們歌枕家親愛的鄰居，左澤巧值得紀念的二十歲生日，生日快樂～乾杯！」

配合我的祝詞，三只香檳杯在桌子中央互碰，撞出悅耳的聲音。

順道一提，為了配合美羽，杯子裡裝的是無酒精的碳酸飲料。

「不好意思，還讓妳們特地幫我慶祝。」

在擺滿沙拉、烤牛肉、披薩等派對食物的桌子另一頭，阿巧露出羞赧的笑容。

「當然要慶祝啦，因為阿巧你早就已經像是我們家的一分子了。來，請用。」

我將分好的料理遞給阿巧，他微微點頭接過。

「謝謝妳特地為我準備這些料理，我真的好高興。」

「這沒什麼啦，反正有很多都是買現成的。昨天你的家人才是為你盛大慶祝吧？」

「我家只有出去外食而已。坦白說……能夠吃到綾子小姐親手做的菜比較讓我開心。」

「哎呀，你就算誇獎我也不會有好處喔？」

啊～真是的，阿巧這孩子……實在坦率得可愛。

真希望他現在馬上成為我的女婿！

「巧哥也已經二十歲了啊～真是不敢相信耶。」

自顧自地夾沙拉來吃的美羽，狀似感慨地喃喃說道。

「這麼一來，你以後犯罪就不會被匿名，而是會以真實姓名報導出來了。你可要小心喔，巧哥。」

「是要小心什麼啦？我才不會犯罪哩。」

「這很難說喔。因為像巧哥這種看似認真的傢伙，很多都有不為人知的一面。」

「……妳要是再說那種失禮的話，小心我多出一倍的習題給妳寫。」

「咦咦？什麼嘛，根本是濫用職權！不過話說回來，巧哥，為什麼你還要當我的家教老師？考試都結束了，已經不需要了吧！」

「是我拜託他的啦。」

我對不滿的美羽說：

「美羽，妳是託阿巧的福，才能夠奇蹟般的以低空飛過的成績進到那所學校，所以只要一鬆懈，學業立刻就會跟不上。」

「咦～怎麼這樣～」

「小女不才，今後還請繼續關照了，阿巧。」

「我明白了。我會嚴格指導她的。」

「……噗～」

相視而笑的我們，以及一臉不滿的美羽。

「啊！對了，我想到了。」

我從位子上站起來，自廚房深處拿出某樣東西。

「鏘鏘！這是人家送我的葡萄酒！」

得意地高舉之後，我把酒瓶放在餐桌上。

「呵呵呵，這是前陣子一起工作的作家送我的。喏，阿巧，不嫌棄的話，要不要跟我一起喝，作為你滿二十歲的紀念？」

「呃……可以嗎？那瓶酒好像很貴。」

「沒關係沒關係，反正我很少一個人喝，這酒擺著也是擺著。」

我雖然不討厭酒，卻不是會獨自晚酌的類型。

況且在女兒面前一個人喝得醉醺醺的也很難看嘛。

「如果阿巧你肯陪我一起喝，我會很開心的。」

「……既然這樣，那我就不客氣了。」

阿巧喜孜孜地點頭。太好了太好了，難得有這種高級貨，當然要大家一起分享啦。

我用開瓶器拔出軟木塞後，將酒倒入準備好的玻璃杯中。紅色液體和空氣混合，馥郁的花香味一下子擴散開來。

「哇，好香的味道。真不愧是昂貴的葡萄酒耶。」

「唔……好好喔，都只有媽媽和巧哥可以喝。」

美羽地鬧脾氣似的鼓起臉頰。

「喏，媽媽，可以也給我喝嗎？」

「不行，妳還只是年紀輕輕的女高中生，頂多只能聞聞香氣。」

「小氣鬼。給我喝一點又不會怎樣。」

「不行就是不行。最近啊……這方面的規定真的非常嚴格呢。就算是搞笑，也不准出現未成年飲酒的場景。所以，好比硬是提高角色年齡，或是讓角色光聞味道就醉了等等，製作方也得花上不少心思……」

「別說那麼多了，給我喝啦！」

無視我這個出版業界人士不小心吐出的牢騷，美羽從椅子上站起來，伸手抓住我手裡的玻璃杯。

「妳做什麼啦？美羽……」

「一口，只要一口就好。」

「不行！妳快放手。」

「……妳們兩個，小心——」

「「啊！」」

我和美羽互相搶奪的玻璃杯大大地傾倒。

裡面的液體就這樣灑在試圖勸和的阿巧身上。

由於葡萄酒華麗地當頭澆下，阿巧到盥洗室去洗臉洗頭。我把打掃客廳的工作交給美羽，自己則去準備毛巾。

「阿巧，這個給你用。」

「謝謝。」

「……抱歉喔，都是我們不好。」

「別這麼說。那只是意外，請不要放在心上。」

阿巧溫柔笑答。他真是個好孩子啊～

「你要是在意，也可以沖個澡喔？反正我家有之前你來過夜時留下的衣服和

汗衫。」

那是美羽快要考試前的事情。當時阿巧以「集訓」的名義，在我家住了大約一星期，對美羽進行最後的加強指導。不過他家就在隔壁，所以還是不時有回去啦。

「既然如此……」

惡作劇的念頭突然湧現，我不由自主地脫口而出：

「要和我一起洗嗎？」

「咦？」

果不其然，阿巧滿臉通紅地做出很棒的反應。

「就當作是把葡萄酒灑在你身上的賠罪，我來替你刷背吧。」

「妳、妳在說什麼啊……」

「呵呵呵，你何必那麼害羞呢？我們以前不是也一起洗過澡嗎？」

「那……那已經是十年前的事情了。」

見到阿巧困窘至極的模樣，我嘻嘻笑著。

「呵呵呵，抱歉抱歉，我是開玩笑的，你別當真。」

「……拜託不要捉弄我啦。」

「那我去拿換穿的衣服。你等一下喔。」

我離開盥洗室，打開走廊上的衣櫥。呃，記得是放在這附近……找到了找到了。

「阿巧，這件衣服可——呀！」

打開更衣間的門，我發出小小的尖叫聲。

在我眼前——阿巧正好脫下了髒掉的襯衫，上半身赤裸。纖細卻經過鍛鍊的男性肉體躍入我的視野。

「啊……對、對不起。」

「別、別這麼說，我才應該為了突然開門道歉。呃……我、我把衣服放這裡喔！」

把衣服放在旁邊的架子上後，我逃也似的關上更衣間的門。

「……唉。」

背靠著門，我嘆了口氣。

羞恥心散去之後，湧上心頭的是些許自我厭惡感。

居然只是看見男人的上半身就害羞……我是少女嗎？明明已經老大不小了，還做出國中女生般的反應，真是有夠丟臉。「呀！」什麼「呀！」啊，又不是看見下半身了。

啊啊——不過……

該怎麼說呢……那真的是男人的裸體呢。呃，不是啦，我沒有別的意思，只是覺得那果然是結實健美的青年身材。

理所當然的，不是可以和我一起洗澡的年紀。

那個可愛得不得了的鄰居少年，已經長成可以喝酒的成年男性了。

阿巧換好衣服後，我們繼續舉行派對。

三人一起享用料理，最後還吃了我親手做的蛋糕。一轉眼，三小時就過去了。

「時間這麼晚了啊。」

我一邊喝酒，一邊眺望牆上的時鐘。時間已經超過十點。餐桌上的料理大致都掃光了，只剩下下酒用的起司和餅乾。

美羽已經回房間睡覺了。她在派對上說了句「感覺好睏」就中途退場。儘管滴酒未沾，但或許是酒味讓她醉了也說不定。

客廳裡只剩下我和阿巧二人——

「你不回去沒關係嗎？」

「沒關係，反正我沒有門禁。而且我有事先告訴家人，今天搞不好會在這裡過夜。」

「哎呀，是嗎？那你就再陪阿姨一下吧。」

這麼說完，我在阿巧的玻璃杯中倒入葡萄酒。

「謝謝，那我就不客氣了。」

「啊，不過你要小心別喝太多喔。我沒有要勉強你喝的意思。」

「沒問題啦，我的酒量還滿好的。」

「喔，這樣啊。這麼說來……你在滿二十歲之前就喝過不少嘍？」

「啊……呃，那個，剛才的話當我沒說。」

「呵呵！知道了，我會當作沒聽到的。」

兩人相視而笑。

啊啊，心情真好，感覺好久沒像這樣喝醉了。這麼昂貴的高級酒，好像連讓人酒酣的方式都特別優雅呢。

「唉……總覺得好難相信喔，沒想到我居然會有像這樣和阿巧一起喝酒的一天。」

我轉動著玻璃杯中的葡萄酒一邊眺望，話自然而然地從口中吐了出來：

「人一旦上了年紀，時間真的就感覺過得好快喔。不知不覺間，我已經變得愈來愈像大嬸了。」

「……綾子小姐才一點都不像大嬸呢。」

「沒關係啦，你不用勉強說那種客套話。」

「這才不是客套話！綾子小姐非常漂亮、溫柔，又有著成熟的魅力，所以……呃……」

可能是說到一半害羞了，阿巧面紅耳赤。我則是既開心又害臊，有種全身發癢、好難為情的感覺。

「呵呵，謝謝你，就只有阿巧會對我說這種令人開心的話。最近美羽那孩子老是把我當成大嬸看待，真受不了。」

發完牢騷後，我喝了一口葡萄酒。水果香氣在整個口中擴散，連我也感覺得出自己的情緒愈來愈嗨了。

「喏，阿巧，我問你。」

我忍不住探出身子問道：

「你……有女朋友嗎？」

「……！怎、怎麼突然這麼問？」

「有什麼關係嘛，我們來聊戀愛的話題啦，戀愛的話題。」

唔嗯，感覺我好像完全變成一個醉醺醺的大嬸了……雖然有點自我厭惡，不

過機會難得，還是來聊聊私人話題吧～

「怎麼樣，阿巧？告訴阿姨實話嘛。」

「沒、沒有啦。」

在我定睛注視詢問下，阿巧滿臉羞澀地回答，然後像是要掩飾害羞般，一口將葡萄酒飲盡。

「……坦白說，其實我從來沒交過。」

「咦？是、是嗎？」

出乎意料的事實讓我有些訝異。

見狀，阿巧露出了受傷的表情。

「拜託反應不要那麼大好嗎……」

「啊……抱、抱歉喔。我不是在恥笑你，只是有點驚訝而已……因為，阿巧你看起來很搶手啊。」

「我才不搶手呢。」

「騙人……你既善良又會讀書，外型也很帥氣。高中時還在游泳方面表現得很活躍，不是嗎？」

「雖說表現活躍，頂多也只有打入縣大賽的程度。不過……我在縣大賽中獲得冠軍時……確實有幾個女生對我做出類似告白的舉動。」

「看吧，果然很搶手。你難道沒有想要和她們交往嗎？」

「唔嗯……因為總感覺不太對。」

「是喔，原來如此。那麼，阿巧——你有喜歡的人嗎？」

「咦……？」

「你現在沒有喜歡的人嗎？就算沒有女朋友，也總該有在意的對象吧？」

「這、這個嘛……」

阿巧顯然詞窮了，感覺非常緊張。

哎呀呀，瞧他這個反應……

「啊～果然有。你雖然沒有女朋友，但是有喜歡的人。」

「……！」

「呵呵呵，也是啦～既然是身心健全的男孩子，當然會有喜歡的人啦。我問

你，那個人是誰？告訴阿姨一個人就好。」

「呃，這……」

「阿巧，你該不會——單戀對方很久了吧？」

「——！」

我姑且試著套話，結果得到了顯而易見的反應。

果然沒錯！

那個人肯定是美羽！

阿巧果然……喜歡我家女兒啊！

呀！太棒了、太棒了！我現在心情好嗨啊！

「你至今沒有和誰交往過，是因為喜歡那個人的關係嗎？」

「呃……是、是啊。」

阿巧一臉羞赧，卻十分肯定地點頭。

「我……一直很喜歡那個人……完全無法想像和她以外的人交往。」

太棒了！

阿巧超級純情的。

啊啊，怎麼辦？我光是聽這些，心臟就怦通怦通地狂跳了！

「你、你難道沒有想過要告白嗎？」

「……因、因為我不想造成對方的困擾，也擔心會破壞現在的關係——而且……」

「而且？」

「我有點在意年齡差距的問題……啊不對，我個人完全不在乎，只是我擔心對方也許會在意這一點。」

年齡差距……啊啊，原來如此。

因為美羽和阿巧差了五歲嘛。學生之間的戀愛，相差五歲說不定就算差很多了。

「你放心啦，阿巧。」

我說道：

「只要有愛，年齡差距根本不是問題。」

「綾子小姐……」

「還沒告白就放棄，這樣不是很無趣嗎？不向對方表達心意就不會有開始。再說，對方搞不好會在你磨蹭時被其他男人搶走喔？這樣你也無所謂嗎？」

「我……我不想要那樣。」

「既然如此，答案就只有一個了，阿巧。」

大概是醉了的關係，我講得一副自己很懂的樣子。阿巧的表情依舊流露出迷惘和糾結的情緒——所以，我要說出來。

我要——全力聲援他的戀情。

「對自己有信心一點。你沒問題的，阿巧。我很清楚，你是個帥氣溫柔，非常優秀的男孩子。所以……你不妨鼓起勇氣，試著往前踏出一步吧？」

「鼓起勇氣……——！」

隨後……

阿巧猛地站起身。

用蘊藏著熱情的雙眼——彷彿甩開一切迷惘和糾結的眼神，直直地凝視著我。

「綾、綾子小姐……！」

大概是太緊張了，他的音調變得有點尖，但我仍深切地感受到他的認真。

「我……我有一件事，一直、一直想要告訴綾子小姐。」

「告、告訴我？」

他想對我說什麼呢？

啊，是這樣啊。

八成是——請把令嬡交給我之類的！

哈哈，也就是說，他打算在向我女兒告白之前，先知會我這個做母親的。原來如此、原來如此，的確很像阿巧忠厚老實的作風。

好啊好啊，我會立刻答應你的。應該說，我反而還想主動低頭拜託你照顧我女兒呢。

「……其實，我本來打算再過一陣子……等我找到工作，能夠自己賺錢之後再開口。但我還是決定現在說，因為我已經忍不下去了……況且我實在無法忍受

由於自己動作太慢，讓喜歡的人被其他男人搶走……！」

然後——

阿巧開了口。

以雙眸閃爍著不安，卻心意已決的男人神情，開口說道。

說出即將改變我們關係的關鍵性話語——

「綾子小姐，我一直都很喜歡妳。」

「…………」

…………

…………

……

咦？

奇怪……？我是不是聽錯了？

「阿、阿巧……？討、討厭啦，你是不是喝醉了？你、你搞錯了喔。你完全搞錯最重要的事情了。」

「呃……搞、搞錯了？」

「因為你剛才……說你喜、喜歡我……」

「……？那句話一點都沒錯啊。」

阿巧神情嚴肅地回答。

嗯？呃……奇怪？咦咦？

等、等等。先等一下……咦？咦？咦？

無視陷入輕微恐慌的我，阿巧以認真的眼神繼續說：

「我喜歡的人……是綾子小姐。我一直……從十年前開始，就一直只喜歡妳一人。」

「…………」

醉意——頓時退去。

然而全身卻不知為何熱了起來。這搞不好是第一次有男人當面對我說「我喜歡妳」。心臟狂跳不止，思考迴路像是產生過熱現象般快要停止運轉。

這到底是什麼情況？真是讓人一頭霧水。

混亂到極致的我——在心中如此吶喊。

你喜歡的不是女兒而是我？

第二章
告白與困惑

隔天早上——我睡過頭了。

「……嗯……啊……七點半啊……呃，咦咦咦咦咦？」

我把手伸向枕頭旁的手機，看了顯示時間後大吃一驚。我立刻從床上跳起來，急急忙忙地衝下樓。

糟糕，太糟糕了。

身為主婦居然七點半才起床，簡直失職。

因為七點半——是我女兒必須出門的時間啊！

「啊啊～～……怎麼辦、怎麼辦？得做早餐，還有便當……啊啊不對，應該先叫美羽起床才——」

「——啊。媽媽，早安。」

當我懷著絕望的心情來到樓下時，美羽正好從客廳走出來。

「妳終於起床啦。」

「……美羽，抱、抱歉，我現在馬上做早餐……」

「不用啦，我已經隨便吃過穀片了。」

美羽滿不在乎地說。她好像已經吃過早餐了。

仔細一看，她已經換上制服，髮型也已梳理整齊，肩上掛著學校書包。

一副隨時都能出門的模樣。

「我昨天因為比較早睡，今天很早就醒來了。啊對了，午餐我會隨便買東西吃，妳不用擔心。」

「……這樣啊。抱歉喔，明天起我一定會好好幫妳做飯的。」

「沒關係啦。不過話說回來，媽媽會睡過頭還真稀奇耶。妳昨天和巧哥有喝到那麼晚喔？」

「……！」

一聽到阿巧的名字，我全身頓時變得僵硬無比，原本昏沉沉的腦袋也感覺一下子清醒過來。

「這、這個嘛……好好、好像也還好……」

聲音顫抖到連我自己都覺得可笑，眼神也不住游移。

其實我們並沒有喝到那麼晚。

上床時間是一如往常的十一點左右。

可是──上床後我完全睡不著。

一直在被窩裡苦悶地懊惱個不停。

──我喜歡的人是綾子小姐。

睡前收到的衝擊性告白……認真嚴肅的告白一直在我腦中盤旋不去──

「……媽媽，妳怎麼了？妳臉好紅，不要緊吧？」

「咦咦？」

我急忙觸碰臉頰，發現臉燙得連自己都嚇一跳。

「該不會是發燒了吧？要我去拿體溫計嗎？」

「我、我沒事！真的不要緊！」

「沒事就好──啊！巧哥，早安～」

原本陷在昨夜的混亂中的腦袋瞬間回過神來。門鈴在不知不覺間響起，女兒的青梅竹馬似乎一如往常地來接她了。

「早啊，美羽。」

隨後，阿巧面向我。

「……早、早安，綾子小姐。」

他的語氣顯然十分緊張，表情也有些僵硬。不知道是覺得尷尬，還是覺得難為情？

然後我也——體會到腦袋一片空白的滋味。明明是幾乎每天都會見到的面孔，如今卻無法直視那張臉。

「早、早早、早安，阿巧……啊！」

想起我此刻的模樣，羞恥心一口氣湧了上來。剛起床的睡衣打扮，頭髮也亂糟糟的。我連忙用手試圖把頭髮梳理整齊。

「對、對不起喔！讓你見到我這麼邋遢的模樣……！」

「……媽媽，妳在慌張什麼啊？妳不是經常讓巧哥看見妳穿睡衣的樣子

嗎？」

被美羽這麼冷冷地吐槽，我這才赫然驚覺。像是阿巧來家裡過夜時等等，早就讓他看過好幾次我的睡衣打扮了。不僅如此，他也看過我的素顏，因為之前他曾經叫我起床。

唔、唔哇～～好丟臉！

我到底在做什麼啊？

為什麼會做出這種青春期少女般的反應？

比起睡衣打扮，覺得睡衣打扮很丟臉的我才真是羞恥。

這麼一來，簡直就像……

我突然把阿巧當成男人看待了一樣——

「——美羽，不好意思，妳先走好嗎？」

不顧滿心困惑又混亂的我，阿巧這麼說：

「我有些話想跟綾子小姐說。」

「嗯？喔，好啊。」

儘管露出狐疑的表情，美羽卻沒有特地追問，穿上鞋子後就獨自走出玄關。

門關上了。

只剩下我倆獨處的瞬間，一股難以言喻的緊張氣氛充斥現場。

經過短暫的沉默後——

「妳睡過頭了嗎？」

阿巧開口。

「好難得喔，綾子小姐居然會睡過頭。」

「是、是啊……因為我昨晚有點睡不著。」

「……我昨天也完全無法入眠。」

這麼說完，阿巧兩眼直勾勾地看著我。

以和昨天一樣，認真到令人害怕的眼神。

「綾子小姐，我——」

「沒、沒關係！我明白，我全都明白！」

我無意識地拉高音量。

像是要打斷對方的話——拒絕讓他再說下去一樣。

「昨、昨天的事情，我會當作沒聽過的！」

「咦……」

「所以……阿巧你也一點都不用放在心上。是、是那個對吧？是因為喝醉的關係吧？所以你才會……一時變得有些失常，對不對？我懂……我全都懂。」

「綾子小姐……我……」

「忘、忘了吧。我們彼此都把昨天的事情全部忘了吧。沒事的、沒事的……阿姨我已經是一把年紀的大嬸了，又不是會把酒席間的話當真的小孩子——」

「綾子小姐！」

態度強硬的巨大聲量令我不禁渾身一顫。

「妳為什麼要說這種話……」

阿巧——一臉遺憾，露出好像在生氣，又彷彿感到悲傷的那種表情。

「昨天，我……確實有點醉了，情緒也變得莫名高漲。老實說……我的確是藉著酒膽，衝動說了那些話。」

「可是——」阿巧接著說：

「我說的全是事實。」

「……！」

「我一直都很喜歡綾子小姐。一直、一直都是……」

阿巧說道。

宛如閘門大開般不停地說下去。

說出向我表達心意的話語——

「我知道在綾子小姐眼中，我可能只是一個靠父母養的小鬼頭，所以好幾次都想過要放棄……可是，我果然還是喜歡妳。我是認真想要和妳交往的。」

「阿巧……」

「妳不用現在馬上答覆我……不過，如果妳願意考慮，我會非常高興。」

那麼——我走了。

語畢。

他走出玄關。

我則是當場虛脫地癱坐在地。

「……他是認真的。」

好像不是在開玩笑。假使昨天的告白是玩笑話——是趁著酒興做出的搞笑，那麼我雖然會感到遺憾，但是說實在話，我還是有點希望那不是真的。

所以——我才會幾乎無意識地想要當成玩笑話帶過吧。

還說出「彼此都忘了吧」這種話。

然而……

他的誠懇、他的熱情——不允許我狡猾地逃避。

面對那份好比決心背水一戰的真摯，我不得不去正視。

正視左澤巧真誠的愛意——

「阿巧……是真的喜歡我……一直、一直都喜歡著我、單戀著我……嗚嗚～啊～唔哇～啊～～！」

儘管穿著睡衣在玄關抱頭哀號的模樣極度可恥，但我的腦袋已經滿到快要爆炸，顧不了那麼多了。

「……我、我該怎麼辦啊～～？」

♠

「巧，起來了啦。」

肩膀被搖晃的我赫然驚醒。

經濟系教學大樓１０２號教室。

系上必修的近代經濟學——我好像在課堂上不自覺地睡著了。我急忙抬起頭，卻已不見教授的身影，學生們也紛紛從座位上站起來。

「慘了……」

「我大致記下重點了，要影印嗎？」

「啊～抱歉。你幫了我大忙。」

「不用客氣啦，反正我平常也老是受你照顧。」

聰也露出可愛的笑容這麼說。他遞給我的摘要裡用可愛字體記錄了課堂的重

點。

梨鄉聰也。

個子嬌小，體型纖細，長相稚氣得說是國中生也不為過，留長的頭髮在腦後綁成一束。

實在很難想像他和我同年。

服裝則是感覺相當時髦，連飾品之類的小物也充滿品味。明明是男人——這麼說或許有些過時，不過他手上還塗了深色的指甲油。

簡單來說，就是個長相可愛、時髦有型的帥哥。

他是我在大學認識，就讀同系的朋友，現在也參加同一個專題研究小組。因為我們選的課幾乎一樣，經常會一起行動。

「不過還真稀奇耶，你居然會上課打瞌睡。」

「因為我昨天沒什麼睡。」

「喔？昨天有那種難到非得熬夜完成的習題嗎？」

「不，不是習題的關係。」

「這麼說來……你又在煩惱鄰居媽媽的事情了？」

「……！」

「喔，好像被我說中了耶。」

聽也扭曲他那張娃娃臉，露出不懷好意的奸笑。

「巧，你真的很好懂耶，感覺是個絕對不會劈腿的人。」

「……你很煩耶。」

一邊沒好氣地回嘴，我們離開教室前往學生餐廳。

中午時段的學生餐廳人潮洶湧。

我們購買餐券，排隊點餐。我點了咖哩，聽也點了夏威夷漢堡排飯，隨後找了空位坐下。

「——咦？不會吧……你說出來了？真的假的？」

聽了我的話，聽也驚訝得目瞪口呆。

我對綾子小姐的感情——這十年來一直暗戀鄰居媽媽的事情，我之前就已經告訴他了。

以前我們兩個在家喝酒時，我不小心說溜了嘴。

「是喔～耶……唔哇～天哪，感覺有點想笑。」

「……笑什麼笑啊，我可是很認真的。」

「我知道啦。但是，抱歉，我現在心情好嗨。因為我的好麻吉終於讓長達十年的戀情往前邁進一步了。」

聽也難掩興奮之情。可惡，居然一副事不關己的樣子。

唉。

總覺得——還是好不敢相信。

我居然會開口告白，簡直不可思議。現在光是回想起來，我就難為情得快死了。

毫不後悔——能夠這麼說是很帥氣。然而坦白講，我後悔了，而且是十分後悔，相當後悔。昨天晚上，我上床後心裡一直覺得好苦悶，不停想著好希望能將時間倒轉。

因為昨天，我跨越了那條一旦跨越，就再也回不去的線——

「原來你真的喜歡她啊。」

聽也望向遠方，用感佩的語氣說道。

「怎麼？難道你一直都不相信我？」

「這個嘛，我並不是在懷疑你……只是很難相信你會單戀比自己大十歲，住在隔壁的青梅竹馬的媽媽長達十年。」

「…………」

這——也難怪他會這麼想了。

愛上青梅竹馬的媽媽這種事情，就日本這個國家的常識來看，恐怕並不尋常。

這一點我很清楚。

儘管心知肚明——我仍喜歡了綾子小姐十年。

始終希望能夠與她交往。

「是怎樣？是因為你十歲時和綾子小姐一起洗澡，見到了她的裸體，才喜歡上她嗎？」

「才、才不是哩。不要把人說得像變態一樣。」

「但是你們確實一起洗過澡吧？」

「…………」

的確是有。

一起洗澡時，我徹底看光了她的裸體。

綾子小姐也因為對當時只有十歲的我完全不抱戒心，在我面前毫不遮掩……拜此之賜，我連不該看見的部位也全看見了。

「因為忘不了十年前的裸體，直到現在還愛著對方……巧，你可真變態啊。這也算是某種跟蹤狂了。」

「……少囉嗦。我喜歡上她又不只是一起洗澡的關係。」

不過——可悲的是，我也無法否認自己的確在一起洗澡時，突然意識到她是個女人。

但是，不僅如此。

光憑這一點不足以解釋。

這十年來的單相思，絕非三言兩語可以道盡。

「不過，就某方面而言你也真夠厲害，居然能夠對其他女人不屑一顧，十年來只單戀一名女性。看來變態和純情說不定只是一線之隔。」

聽也用頓悟似的語氣繼續說：

「覺得朋友那位年輕美麗的媽媽充滿魅力這種事情，其實我倒不是不懂。明明自己的媽媽看起來就是個大嬸，卻感覺別人的媽媽莫名性感，老實說這種經驗我也有過——不過，那種想法到頭來只是孩童時代特有的幻想，一般來說很快就會清醒了。」

「…………」

「你卻直到二十歲都懷抱著那份幻想。花了那麼長時間熟成，就算是幻想，大概也會變成真的吧。」

一邊用難以判斷究竟是敬佩還是瞧不起人的口氣這麼說，聽也把手伸向我的頭。

「無論如何，能夠表達心意真是太好了。告白的事情真是辛苦你。了不起、

了不起，讓我來好好誇獎你吧。」

「……煩死人了，手拿開啦。」

我甩開他試圖撫摸我的手。

「可是話說回來，只敢藉著酒膽告白，這樣實在有點遜耶。」

「唔！……果、果然是這樣嗎……」

最讓我後悔的就是這一點。

告白這種事，可能還是得講究情境吧。

「……綾、綾子小姐也有不對的地方啊。還不是因為她擺出戀愛導師的姿態，說什麼『既然有喜歡的人，就得向對方表達心意才行』……我才會一下子情緒高漲……」

「恐怕是因為她作夢也沒想到你喜歡的人是她吧。我想她心裡一定非常震驚。」

「……應該吧。」

從她昨晚和今天早上的態度，我可以深深感受到綾子小姐的錯愕與驚慌。

無論如何，她之前似乎完全沒有察覺我對她有好感。

「我開始……對她感到抱歉了。畢竟因為我的告白，她的心中可能會產生一些不好的感受。」

「告白本來就是這麼回事啊。」

聽也狀似很懂地說。

「鼓起勇氣說出心意，向對方告白……世人普遍把這種行為當成美德看待，但實際上只是自顧自地朝人際關係投出炸彈而已。如果成功也就罷了，假使失敗，便等於是把對方無端捲入這場事故當中。不只是告白的人，拒絕的人內心也會承受很大的壓力，有的人甚至還會因為拒絕對方而受傷。」

這番毫不留情的話令我極度沮喪。

聽也說的一點都沒錯。

我所投出的，是一顆好大好大的炸彈，是將現有的人際關係炸得片甲不留，只是用告白二字加以美化的殺傷性武器——

我和綾子小姐大概再也回不去原本的關係了。

即使她拒絕我的告白，跟我說「我們保持以往的關係吧」，恐怕也無法再像從前那樣對我微笑——單純把我當成女兒的青梅竹馬看待了。

我只顧著宣洩自己的情緒，卻粉碎了兩人之間累積超過十年的關係——

「巧的未來會如何，只能看綾子小姐怎麼回答了。」

「就是啊……」

我還沒有收到答覆。

不，或許應該說我是出於恐懼而延後得到結論比較正確。無論是昨天還是今天早上，我都沒有問出答案就逃走了。雖然說出「妳不用現在馬上答覆我」這種看似從容的話，但其實才不是那樣，我只是害怕聽見答案而已。

然而，一直拖延下去也不是辦法。

我深深地吐息。

藉酒壯膽，衝動告白——若說自己不後悔是騙人的。然而，其實我也早已做好了一些心理準備。

我想，我和她遲早都會演變成現在這種狀態。

早就快到極限了。

無論是繼續單戀這件事——還是對方心裡完全沒有我這件事。

不被喜歡的女人當成男人，而是一直當成小孩子看待這件事，早就令我空虛、哀傷、懊惱、難受得無法忍受。

♥

那一天，我幾乎無心工作和做家事。

即使試著集中精神，想把一切給忘了，那件事卻怎麼也不肯從我腦中消失。

阿巧的告白一在我腦中浮現，腦筋就會變得一片空白，什麼都無法思考。

我究竟有多少年沒被男人告白了呢？

雖然我在學生時代的確曾被告白過幾次——可是……

那麼認真又嚴肅的告白，在我的人生裡還是頭一次遇到。

阿巧的心意清晰地傳達而來——正因如此，我才會頭昏腦脹，困窘不已。

「我回來了～媽媽，今天晚餐吃什——咦？這是怎麼回事？」

不知何時回來的美羽見到客廳淒慘的模樣後發出驚呼。洗好的衣服摺到一半就擱著，吸塵器扔著沒收，筆電和資料也四處散落。所有的一切都在做到一半的狀態下靜止。

雜亂無章的房間。

簡直就跟我現在的心情一模一樣——

「媽媽，妳怎麼了？這是什麼情況？」

「……啊啊，妳回來啦，美羽。天啊……已經這麼晚了。」

癱在沙發上的我勉強拖著身體站起來，望向時鐘，時間已經超過五點了。我明明只是想休息一下，結果卻悶悶不樂地沉思了整整三小時。

「抱歉喔，我馬上收拾。還有……今天晚餐可以吃外食嗎？我完全沒有準備。」

「好是好……不過妳沒事吧，媽媽？妳是不是身體不舒服？我看妳從早上就怪怪的。」

「沒、沒事啦。真的沒什麼……」

隨口搪塞了一下，我開始收拾摺到一半的衣服。

「……妳是不是和巧哥發生什麼事了？」

美羽神情狐疑地問道。我頓時一驚，抱在懷裡的衣服全掉在地上。

「咦？……妳、妳、妳怎麼會……？」

「因為我看你們兩人今天早上都怪怪的……昨天晚上我睡著後發生了什麼事？」

「什、什什、什麼也沒發生！怎麼可能會發生什麼事！啊哈哈，妳這孩子說話好奇怪喔……啊哈、啊哈哈～」

我一邊拚命打馬虎眼，一邊走向冰箱拿飲料。

緊張和焦慮讓喉嚨乾得不得了。

「該不會——」

美羽說道。

以稀鬆平常的口吻，說出衝擊性十足的話來。

「他向妳告白了吧？」

「——！——好痛！」

驚愕，接著是猛烈撞擊。

我因為過於慌張，一頭撞上冰箱。

發出好響亮的一聲「叩」。

「～～！好、好痛～……」

「果然是這樣。」

美羽對按著額頭蹲下的我嘆道。

「不、不不、不是、不是的！我剛才並不是因為慌張——」

「這樣啊、這樣啊，他終於告白啦。」

「——那只是給予頭部撞擊的健康法……咦？」

「哎呀～拖得可真久耶。」

「等、等一下，美羽……先、先等等喔。咦，奇怪？呃，所以說……」

我整個人極度混亂。

等一下、等一下，美羽那副冷靜的態度是怎麼回事？和我的對比也太強烈了。為什麼她一點都不驚訝？阿巧可是向我告白了耶！說他喜歡我耶！

這應該是一件大事吧？

難不成——

「……妳早就知道了？」

「妳是指……巧哥喜歡妳這件事？」

「唔，嗯……」

好、好丟臉！

重新聽到這句話，還是覺得超級丟臉！

尤其那句話是出自女兒之口，更是羞恥到極點了！

「與其說我早就知道，應該說很難不發現吧？畢竟巧哥那個人這麼好懂。

啊，不過妳這個最關鍵的當事人好像完全沒有察覺。不僅如此，妳還嚴重誤會巧哥喜歡我。」

「……！」

「真是的，真不知該說妳是遲鈍，還是神經大條。」

「可、可是……」

在女兒冷眼瞪視下，我拚命反駁：

「我怎麼可能……會知道那種事情。我和阿巧的年紀差了超過十歲耶？看在阿巧眼裡，我八成已經是大嬸了……只是一個住在隔壁的老阿姨……」

……講著講著，我自己都不禁感到悲哀。

不過這是事實。

現在的我，在年輕人眼裡已經是名副其實的大嬸。就連我自己二十歲左右時，也覺得三字頭＝大嬸。

所以——我作夢也沒想到。

自己居然會成為比我小超過十歲的男生的心儀對象。

「這個嘛，雖然在我看來，媽媽就只是個普通的大嬸，但看在巧哥眼裡似乎並非如此。」

美羽的這番話似乎在安慰人，又好像沒有。

「就算年齡有差距，只要有愛就不成問題，不是嗎？」

「這……」

這句話我也和阿巧說過。

沒想到一時衝動說出來的話，居然會反過來刺中自己。

「……我一直以為阿巧喜歡的人是美羽。」

「我說過好幾遍，那是媽媽妳誤會了。」

「可是阿巧每天都來接妳……」

「是因為他想見媽媽吧。」

「他還非常熱心地指導妳考試升學……」

「是因為媽媽妳拜託他吧。」

「……我、我重感冒臥病在床時，他還為了減輕妳的負擔，不眠不休地照顧我……」

「那不管怎麼想，都是為了媽媽吧。」

「…………」

被女兒語氣淡然地這麼一說，我只能沉默。

奇怪？等一下。

難道說……至今我以為是「出於對美羽的好感」的行為，其實全都是「出於對我的好感」？

「……因為喜歡我，每天早上來家裡；因為喜歡我，也幫忙指導美羽考試，還在我感冒時照顧我……這是怎樣？阿巧真的那麼喜歡我嗎？」

「我想應該是吧。」

「咦……唔～啊～唔哇啊～～～嗯……」

我徹底失去語言能力，只能蹲在地上發出意義不明的怪聲，整張臉燙到令人難以置信的程度。為什麼？我還是不明白。為什麼一個二十歲的男孩，會如此深愛著像我這樣的大嬸？

「所以，妳打算怎麼辦？」

美羽對快要被羞恥心殺死的我問道。

「什麼怎麼辦……」

「妳要和巧哥交往？還是不要？」

「就、就算妳突然這麼問，我也不知道該怎麼回答……」

「我先說喔，妳不需要顧慮我。」

一派輕鬆地說完後，美羽一屁股重重地坐在沙發上。

「我也已經十五歲了，才不打算干涉自己的媽媽跟誰交往。真要說的話，我反而——還想要聲援妳們。」

「聲、聲援……？」

「沒錯。妳要是跟巧哥結婚，我想我會很開心。」

「結婚……？妳、妳在說什麼啊！」

光是被告白這件事就讓我頭昏腦脹了，根本無法思考之後的事情。結婚。

我和阿巧結婚……啊啊，不行、不行，不可以去想那種事！

「因為我還滿喜歡巧哥的。」

不顧心慌意亂的我，美羽以莫名愉悅的語氣不斷說出荒唐的話來。

「儘管他不是我喜歡的男人類型，但是我很喜歡他這個人，覺得他確實有值得尊敬的地方。如果是巧哥，我應該願意喊他『爸爸』喔。不錯耶～有那麼年輕的爸爸，感覺超棒的。」

「……夠、夠了，美羽，不可以嘲弄大人。」

「我又沒有在嘲弄妳。」

這時，美羽微微垂下視線，輕嘆一聲。

先前輕浮的氛圍消失，語氣中多了些嚴肅感。

「其實我也……應該說罪惡感嗎？總之就是稍微有那種感覺。對於妳因為我這個『外人』，犧牲了自己二十幾歲的青春年華這件事。」

我頓時屏息。

有種心臟被緊緊揪住的疼痛感。

「像媽媽這樣的美女之所以沒有交往對象，說起來都是我害的吧？妳為了我犧牲自己的人生——」

「——美羽，妳在胡說八道什麼？」

我開口了，而且語氣強硬。這話非說不可。

唯獨剛才那番話，我必須予以否定。

「我才沒有把妳當成『外人』……也完全不覺得妳害我浪費了自己的人生，反倒是——相反才對。妳知道自己帶給了我多少美好嗎……」

聲音中充滿熱度。

我的眼頭逐漸發熱，淚水感覺就快奪眶而出。

「喏，美羽……妳還記得嗎？還記得妳第一次叫我『媽媽』那天的事情嗎……？那是我收養妳之後——」

「啊～可以了、可以了。那種事情就不要提了。」

美羽神情煩悶地揮手。

那副冷淡的表情，簡直跟情緒激昂的我成反比。

「我不想聽那種老套的感人故事。」

「妳說什麼？」

什麼叫做老套的感人故事？

虧我剛才還想說出超級令人動容的話來！虧我本來還預計要用最美好的回憶故事掀起感動的風暴，最後再以母女熱烈的擁抱收場！

「誰教妳最近只要一喝酒，就會哭哭啼啼地提起那件事嘛，我都已經聽膩了。」

「唔……」

「不過，犧牲二字或許是我用詞不當。即使沒有到犧牲那麼嚴重，妳應該也有因為顧慮我而迴避談感情吧？」

「這、這個嘛……」

說實話。

這部分的確是有。

由於我原本就不是那種會積極談戀愛和找對象的人，因此很難說如果沒有美羽，我就能夠找到好男人，跟對方在一起——但是，美羽的存在確實有可能讓本來就消極的我更裹足不前。

「媽媽，我是真的把妳當成我真正的媽媽喔。」

美羽說道。

這句話雖然非常感人，她的情緒相較之下卻顯得平淡。

「媽媽妳也把我當成真正的女兒對吧？」

「是、是啊……」

「既然如此，那妳應該明白吧？就跟妳『希望我能夠幸福』一樣，我也『希望媽媽能夠幸福』。」

「…………」

「我很高興妳總是優先替我著想。不過，妳是否也該為自己的人生著想了呢？」

「…………」

我什麼也說不出口。

該怎麼說……感覺被駁倒了。

被再中肯不過的言論擊倒，發不出半點聲音。

「妳、妳真的長大了耶，美羽……」

我只能不服輸地這麼說。

十五歲的女兒似乎已經成熟、明事理得超乎我的預期。身為母親，我既開心又感到可恥，心情萬分複雜。

第三章
日常與變化

♥

假設被某人告白——假設有人對自己說「我喜歡妳，請跟我交往」，接著又說「妳不用現在馬上答覆我」。

這種時候，我想多數人應該都會暫時不去跟對方見面。因為還沒給出答覆就和對方接觸，總覺得這樣不太厚道……更重要的是，感覺會很尷尬。

在自己確實想出一個答案來之前，盡可能避免和對方見面，應該是被告白方應有的禮貌吧？

可是……

世上並非所有事情都能夠稱心如意。如果告白對象是平日就會碰面的人，彼此便得懷抱著尷尬、緊張的心情，繼續過著一如往常的生活。

我和阿巧也是如此。

畢竟再怎麼說——我們都是鄰居。

無論告白的結果如何，往後的人生依舊會有許多交集。

更何況阿巧現在每天早上都會來接我女兒。而我也已經拜託他當我女兒的家教老師了。

然後今天——

正是阿巧來當女兒的家教老師的日子。

叮咚！

不到傍晚五點——玄關的門鈴在比約定稍早的時間響起。

「呃……啊，來了。」

出聲回應的我——正在沖澡。

我在打掃浴室時不小心切換錯水龍頭，蓮蓬頭的水從頭淋得我整身都濕了，於是我決定乾脆沖個澡。

「不會吧……他已經來了？」

虧我本來打算在阿巧來之前洗好的……為什麼他偏偏要在這種日子提早來

呢？

玄關那邊傳來「不好意思～」的熟悉說話聲。

按門鈴的人果然是阿巧沒錯。

「……美羽，喂，美羽！我沒辦法應門，妳去幫我……啊！對喔，那孩子去買東西了……」

剛才美羽說「我去一下超商」就出門了。真是屋漏偏逢連夜雨。

我關掉蓮蓬頭，重新思考。

怎、怎麼辦……？

讓他一直等也不好意思。可是，即使如此……只圍著毛巾出去應門也好丟臉

——咦？

說到這裡。

之前好像也發生過類似的情形。

時間正好大約是一年前。當時阿巧也碰巧在我沖澡的時候來我家。

以前的我是怎麼做的呢？

一年前——

「來了～歡迎你來，阿巧。」

「啊，謝謝……咦？綾、綾子小姐？妳、妳那副打扮是怎麼回事……？」

「對不起喔，阿姨我穿得這麼隨便……因為我剛好在沖澡。」

「就算是這樣……也不、不可以只圍一條毛巾啦……得好好把衣服穿上才行。」

「呵呵呵！討厭啦，阿巧真是的，你在著急什麼啊？難道說……你興奮了？」

「——！沒有啦，我……」

「我開玩笑的啦，呵呵！像我這種大嬸的裸體，阿巧你這樣的年輕人才不會感興趣呢。」

「這、這個……」

「……呃，阿巧，你要是能幫忙把門關上，我會很開心的。不然被附近鄰居看見會很丟臉……」

「啊！對、對不起！」

沒、沒錯！

就是這樣！

一年前的我即使身處這種情境也絲毫沒有動搖，只是當成一格日常情景，輕鬆視之。

既然如此——今天也要這麼做才自然！

狀況明明和以前一樣，今天卻改變應對方式——刻意穿上衣服出去應門……這、這樣不就感覺好像我很在意他嗎！

變得好像我因為被告白，便突然把對方當成男人看待一樣！

這麼一來——該做的事情就只有一件。

我下定決心，把手伸向浴巾。

「歡、歡、歡迎光臨……」

「啊，謝謝——！」

我用顫抖的聲音邊打招呼邊開門，結果只見阿巧驚呼一聲，整個人大大地往後仰。

「綾、綾子小姐？妳、妳那副打扮是怎麼回事……？」

阿巧的反應和以前幾乎相同，面紅耳赤，驚慌不堪。

沒錯，他的反應完全沒變。

變了的人是我——

「抱、抱抱、抱歉！因、因為我正、正在沖澡！才會穿、穿得這麼隨、隨便……」

焦躁和羞恥讓我結結巴巴，音調也不自然地提高許多。我想要模仿一年前的

態度，結果卻辦不到。

為什麼？怎麼會這樣？

為何我會如此地——難為情？

裸著身體，只圍一條浴巾……也對，這樣當然會難為情了，畢竟毛巾底下是一絲不掛嘛！

雖然一年前也覺得很丟臉——可是和現在的羞恥程度根本不能比。我感覺全身燃燒似的發燙，臉都快噴出火來了。

我完全無法直視——阿巧的臉。

糟糕，真是太慘了。

和一年前不同。

現在的我——已經完全將阿巧視為男人。知道對方是以何種目光看待自己後，還用這副模樣站在他面前，簡直讓人羞恥到了極點。

啊啊。

果然失敗了……不管怎麼想都徹底失敗。

我到底在做什麼啊……

這種行為完全就是個變態……咦，等一下喔？重新回想一下……之前我好像還有穿上內褲，並不是個沒穿內褲就跑到玄關應門的痴女。

奇怪？

莫非現在的我明明都一把年紀了，卻還做出丟臉得要死的事情來——

「……不、不可以啦，綾子小姐……就算正在沖澡，女性也不能用這副模樣來應門……」

阿巧對著在沒穿內褲的衝擊下渾身發顫的我，說出極其理所當然的中肯言論。

「要是訪客是奇怪的男人，突然攻擊妳怎麼辦？」

「討、討厭啦……你擔心太多了，阿巧。如果是像美羽那樣的年輕女孩倒是另當別論，才不會有人要攻擊我這種大嬸——」

「才沒有那種事！」

像是要打斷我的自嘲一般，阿巧語氣強硬地說。

他隨即反手關上門，以平靜的語調說下去：

「綾子小姐……才不是大嬸。我認為妳非常美麗，是一位十分具有魅力的女性。至少……這裡就有一個男人為妳興奮到想要襲擊妳。」

「……咦？真、真是的，你在胡說什麼啦！」

「對、對不起，說了那種話。但這也是沒辦法的事，畢竟喜歡的女性正以這副模樣站在我面前。」

「喜、喜歡……唔、唔唔唔……！」

阿巧以既難為情又苦悶的眼神直直地凝視著我。被人以那種眼神注視……我整個人失去思考能力，羞恥心猛烈沸騰，腦袋都快變得不正常了。

「那個，總、總之……我覺得妳以後最好別再用那副打扮來應門了。」

「我、我知道啦。其實我並非不管對方是誰都會這麼做喔。因為知道按門鈴的人是你，我才會——」

「咦？」

「……啊！不不、不是的！我並沒有想要用性感裝扮把你迷得神魂顛倒的意

思！」

「沒、沒關係！我明白！」

兩人混亂不已。我們彼此害臊得羞紅了臉，感覺連玄關的室溫都上升不少。

唉……我究竟在做什麼啊？

出於好強和愛面子的心態，沒穿內褲就跑來應門，結果被小自己好多歲的男孩子叮嚀要小心……身為大人，我真是太丟臉了。

正當我陷入自我厭惡時……

「我回來了～」

像是要對我展開追擊一樣，去超商買東西的美羽回來了。她單手提著裝了冰淇淋的袋子。

「奇怪？巧哥，你已經來了啊——等等，媽媽？妳那是什麼打扮？」

「呃，這、這個嘛……不是的，這是……」

「——哈哈～」

美羽對著努力找理由的我露出不懷好意的笑容。

「看來你們兩位的關係已經在我不知道的時候有了很大的進展呢。」

「咦？」

「那麼，我先回房間去了。家教時間開始之前，你們兩位請慢聊～今天就算不上課也沒關係喔～」

「呃，啊……等、等等，美羽！」

即使我拚命呼喊，美羽仍無視我的制止，逕自衝上二樓的房間。

「怎、怎麼辦？那孩子完全誤會了。」

「……不，我想她應該有察覺到發生了什麼狀況，只是故意裝作誤會罷了。」

「是、是嗎……」

我放鬆地吐了口氣。不對，冷靜想想，這哪能放心呢？居然被女兒撞見這種情況，還嘲弄了我一番……我這個做母親的臉都丟光了。

「綾子小姐，妳該不會……把和我之間的事情告訴美羽了吧？」

「我、我沒說……不過好像被她發現了……她似乎打從一開始就莫名察覺到

了這件事。」

「啊……這樣啊。也是啦，畢竟我這個人還滿好懂的。」

阿巧面露苦笑。

咦？你很好懂嗎？那麼，連你很好懂這件事都完全沒有發現的我，到底是有多遲鈍？

「……嗯嗯！啊，呃……那麼，阿巧。」

清清嗓子後，我開口了。

盡可能保持冷靜的語調和態度。

「既然你難得提早來了……在開始家教之前，我可以占用你一點時間嗎？」

「時間？」

「我有些話想跟你說。」

我說道。

「兩個人單獨談談嚴肅的話題。」

「……用那副打扮嗎？」

「我、我會先換衣服啦！」

我踏步上前反駁。這瞬間，我感覺到一陣風涼颼颼地吹進雙腿間。那裡冷靜是要幹嘛啦？

「阿巧，你喜歡喝黑咖啡對吧？」

「是、是的。」

穿好衣服後，我用「Dolce Gusto膠囊咖啡機」準備飲料。

和他面對面地坐在客廳的桌子旁。

阿巧看來有些緊張。

這也難怪。畢竟他被告白對象找出來，兩人單獨面對面。

感受到他的緊張，我也變得更加緊張了。

「那個……先、先來整理一下狀況吧。」

在緊張的氣氛中，我下定決心開口：

「阿巧……那個，你、你喜……喜、喜歡我，對吧？」

「——！這、這話來得還真是突然……」

阿巧一臉難為情地用手遮住嘴巴。看樣子，那似乎是他害羞時的習慣動作，真是新發現。看來雖然我們往來大約十年了，我對他依舊有許多不了解的地方。

我以前都不知道。

一直都不曉得。

阿巧告白時會是什麼樣的表情——

「……是的。我、我喜歡妳。」

表情雖然很不好意思，阿巧卻仍直視著我這麼回答。說完之後，他又難為情地遮住嘴巴。

「拜託不要讓我說出來啦……」

「抱、抱歉。呃，那個，為了謹慎起見，又或者該說是進行最後確認。」

我語無倫次地接著說：

「那麼……具體而言，你想要怎麼做？」

「具、具體而言……？」

「儘管我已經知道你喜歡我了——不過我想知道你接下來有什麼具體的想法。」

「這個嘛……」

阿巧欲言又止一會後，以認真的眼神注視著我。

「我、我想認真地和妳交往。當然，是基於將來……要和妳結婚的前提。」

「結婚！」

遭到出乎意料的字眼迎面直擊，我不禁愕然。

「你、你在說什麼啊，阿巧……」

「……對不起。說得也是呢，像我這樣的大學生說什麼要結婚，實在太不自量力了。」

「啊啊，不是的，不是那樣的……我不是在嫌棄阿巧你怎麼樣。」

我之所以驚訝，並非出於「也不想想自己還在靠父母養，居然敢談什麼結婚」的想法。

「阿巧，你應該知道吧……？我……和你可是差了十歲以上喔？」

「我、我知道。」

「而且……我還有美羽喔？我雖然未婚，卻是個有孩子的單親媽媽……」

「這一點我當然清楚。所以，如果綾子小姐允許……我希望將來能夠和妳一起，把美羽當成女兒撫養長大。我一直很希望綾子小姐、美羽、我，我們三人能夠成為一家人。」

「…………」

「正因為如此，我之前才會打算至少等找到工作之後再告白…………」

「…………」

我什麼話也說不出來。

愈是聽他說，我就愈深刻感受到他的認真。告白這件事本身或許很衝動，但阿巧似乎一直都是以超乎預期的認真態度在思考和我的將來。

他那一本正經的專情態度——令我的心澎湃不已。

身為一個女人，我不由得覺得這樣的他好惹人憐愛。

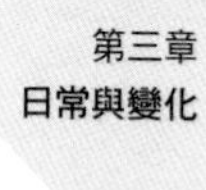

……啊啊嗯，真是的，是怎樣？這孩子究竟是怎麼一回事？為什麼有辦法說出這麼讓人難為情的話來？他到底有多喜歡我啊？

居然一直在思考和我的將來——嗯？

奇怪？等一下喔。

一直？

「那個，阿巧……我想先問一個問題，你是從什麼時候開始……那個，喜歡上我的？」

「若要說是從何時開始……大概是十年前吧。」

「十、十年！」

我忍不住瞠目結舌。

「十年前……阿巧，那不就是你十歲左右的時候嗎？」

「是的。」

「你從那麼小就開始喜歡我了？」

「就是這樣。」

我啞口無言。

呃……也就是說，阿巧單戀了我十年？

再怎麼專情也該有個限度吧！

十年前——十歲的阿巧。

那個嬌小可愛的少年——其實一直以來都把我視為心儀對象？

「十歲……這、這樣啊……可是話說回來……咦？如果是十年前，那不就是我和你剛認識的時候……」

我是十年前收養美羽，開始在這個家生活的。和住在隔壁的阿巧開始往來，也大約是在那個時候。

「呃……換句話說，其實我對妳幾乎是一見鍾情。」

阿巧露出一臉羞赧的神情，再度說出令人難為情的話。夠、夠了，我已經快要因為心跳過快而死了；已經漸漸承受不了這股甜蜜的氛圍了。

「我第一次見到妳，就覺得妳好漂亮……真正確定喜歡上妳，則是我們一起洗澡的時候——」

「洗、洗澡？」

我忍不住打斷他的話。洗澡。沒錯，我以前曾經和阿巧共浴過一次。因為那天下雨，他被淋成了落湯雞，我於是主動邀請他。

當然……

因為是洗澡，彼此都一絲不掛——

「等、等一下……阿巧，你該不會……從那時候開始，就都是用那種眼光看我吧……？」

「哪、哪種眼光？」

「就是……把我當成女、女人看待……」

「——！這、這個嘛……」

阿巧支支吾吾。他的反應已充分說明了一切。我的羞恥心一口氣沸騰，全身像在燃燒似的發燙。

這是……騙人的吧？

當時，我完全沒有防備。

全身上下都露出來了。

不管是胸部、臀部，還是——

「嗚、嗚嗚～～……我的天啊……阿巧，你好過分……」

「妳、妳怎麼這樣說……！我、我又沒有錯！當時是綾子小姐妳擅自要進來的耶！我本來馬上打算離開浴室，妳卻不讓我走，還硬是要幫我洗身體……」

「啥？拜、拜託你不要這樣好嗎！你這樣講，好像我想對當時年幼的你做什麼奇怪的事情一樣！」

「我又沒有那樣說！」

「不、不是的……我是因為完全把你當成小孩子，才會……畢竟，當時你的小雞雞還光滑得連根毛都沒有，形狀也像個小花苞一樣啊。」

「～～！不、不要回想啦，這樣很丟臉耶！」

「我、我才覺得丟臉吧！阿巧你又沒差，反正你現在尺寸也變大了！當時的我……卻已經完全是大人的身體了啊！居然全身都被人看光光……」

啊～嗚～

當時的我做了些什麼？

我好像就這麼一絲不掛地在阿巧面前走來走去，還很泰然自若地幫他洗身體，甚至打開雙腿，大大地跨進浴缸裡。唔哇～好丟臉啊～～！

「……妳不要那麼沮喪啦。」

我深深體會到近乎絕望的羞恥感。阿巧則試圖鼓勵我：

「請、請妳放心。雖然看到了，但我完全是用十歲的性價值觀在看……所以幾乎都只有看胸部而已！」

「這樣是要我怎麼放心啦！」

我狠狠地吐槽。

儘管我好想馬上把自己關進房間裡大哭，卻還是拚命鼓舞這樣的自己，把手伸向杯子。

將開始冷卻的咖啡，連同羞恥心一起硬吞下肚。

放下空杯之後——

「……呼。對不起，我剛才太慌張了。」

我轉換說話的語氣。

冷靜點，阿巧並沒有錯。一切都是擅自把他當小孩子看待，又擅自進浴室的我不對。

「總之……我大致明白了整個情況和背景，也充分感受到你是認真的。」

聽到我這麼說，阿巧臉上瞬間流露出安心的神色。

我的心頓時一陣刺痛。

拚命壓抑住那份痛楚，「但是……」我接著說：

「我不能跟你交往。」

說出來了。

我斬釘截鐵地說出來了，因為我認為這話非說不可。

「呃……」

阿巧的表情變得僵硬，眼眸中浮現悲痛的神情。見到他那副模樣，我又是一陣心痛——可是，我要繼續說下去。

為心覆上蓋子，戴上面具。

戴上作為社會人士，以及作為母親的，大人的面具。

「我很高興阿巧你有這份心。你願意喜歡我這樣的大嬸，我簡直高興到都覺得不好意思了。不過……我希望你能夠了解，以常識來思考，我們是不可能在一起的。」

「……常識？」

原本垂頭喪氣得像是沉入絕望深淵的阿巧忽然抬頭。

「什麼是常識？」

「咦？」

「妳說以常識來思考不可能，這話是什麼意思？」

「這……常、常識就是常識啊，你應該懂吧？」

「我不懂。」

阿巧往前探身回答。

一雙眼睛閃爍著不安，卻流露出無法讓步的堅定。

「像是討厭我、無法把靠父母養的大學生當成戀愛對象……或是現在有其他喜歡的男人之類的，如果是這些原因……那麼就算很難過，我倒還可以理解。然而……妳若光是用常識二字來拒絕我，我實在無法接受。」

「……不、不可能的事情就是不可能，因為我們年紀相差太多了。」

「只要有愛，年齡差距根本不是問題。綾子小姐不也這麼說過嗎？」

「我、我是說過沒錯。可是……」

我是以為阿巧喜歡美羽才會那麼說的！

沒想到那句話居然會以這種形式落到自己頭上！

「可是從現實面來考量，這樣果然還是行不通。」

「……繼常識之後，接著是現實啊。」

「總、總之，不管從常識還是現實面來看都不可能！」

強硬地說完後，我大大地深呼吸。冷靜點，不可以感情用事，得好好跟他溝通才行。

「……阿巧，你現在只是被一時的情緒沖昏頭啦。戀愛和結婚並非只是兩個人之間的事，也得考慮工作、社會觀感等問題……以及你父母的想法。」

「我父母的想法？」

「沒錯。你父母一定不會樂於見到你和我這種年過三十又有小孩的女人結婚。」

我接著說：

「我想你應該也知道……我和美羽受了你父母非常多的照顧。你爸媽對開始在這個家和美羽一起生活的我非常好，每當第一次養育孩子的我遭遇困難、煩惱，他們總是一再地對我伸出援手……」

以前當我週末因為工作之故，無論如何都無法休假時，曾經好幾次把美羽寄放在隔壁的左澤家。美羽突然在托兒所或小學發燒時，他們也曾代替我去接她回來。

另外還有像是國小和國中的入學準備、町內會和自治會的事情，以及附近的便宜超市、健身俱樂部的情報等等。

一直以來，我老是受他們照顧。

比起自己的父母，我更依賴隔壁左澤家的幫助。

若是沒有左澤夫妻的幫忙，我想自己不可能把美羽養育到今天。

「阿巧的爸媽……對我恩重如山，所以……希望你能夠了解，你是對我照顧有加的左澤家非常重要的長男喔……像你這樣的年輕人和我這種有小孩的大嬸交往，你的父母心裡怎麼可能會舒服呢？我實在沒辦法做出那種恩將仇報的事情。」

「……或許是這樣吧。」

阿巧表情沉痛地點頭。

「雖然想反駁我不是為了父母而結婚……但這或許只是不經世事的孩子的想法，畢竟結婚不只是兩個人之間的事。再說我也……很重視自己的父母，不想讓他們對我感到失望。」

「既然你能夠明白，那就太好——」

「不過妳請放心！我早就料到綾子小姐一定會在意那種事——」

阿巧握緊拳頭，對正打算鬆一口氣的我說道：

「所以已經事先說服我父母了！」

「…………」

什麼？

第四章
過去與約定

♠

雖然無法明確地斷定是從何時開始，我也覺得那麼做沒什麼意義。不過如果硬是要決定一個時間——一定就是從那天開始的。

在梅雨即將結束的季節裡，大雨像是突然想起般傾盆落下的那一天。

那是距今約莫十年前的事情——

自從綾子小姐收養美羽，開始在我家隔壁生活，已經過了大概三個月。

當時的我只有十歲。

那時候我正就讀小學，身高比現在矮上許多，即使和同年齡的孩子相比，我的個子也顯得特別瘦小，再加上長相也很稚氣，經常被誤認為女生。女孩子般清秀的臉龐讓我時常受到同學嘲弄，心裡也因而產生了一些自卑感。

當時我的說話態度總是拘謹有禮。

平常都稱呼美羽為「美羽妹妹」。

稱呼綾子小姐為「綾子媽媽」——

小學放學之後，我一如往常地直接返家。

然而回家途中，天空突然下起了滂沱大雨，沒帶傘的我於是急急忙忙地跑回家。但是——

「奇、奇怪？打不開……」

喀嚓喀嚓。

淋成落湯雞的我轉動門把，門卻打不開。

門上鎖了。

「……啊！對了，媽媽今天不在家……」

媽媽今天好像要去附近的旅館參加高中同學會。

所以她昨天晚上才會把家裡鑰匙給我，跟我說「你明天要用這個進家門喔」……我卻把鑰匙放在書桌上忘了帶。

以為我有帶鑰匙的媽媽，似乎把門鎖上出去了。

「怎、怎麼辦……？唔唔……好、好冷！」

溼答答的衣服黏在皮膚上，感覺好噁心。就連內褲也濕透了。身體感覺愈來愈冷。

我繞了房子一圈，想找找看有沒有門是開著的，結果卻沒找到，每扇門窗都上了鎖。這下不管是小偷還是我，都進不了屋內。

我在玄關前束手無策。

爸爸和媽媽都還要好幾個小時才會回來。

雨持續嘩啦啦地下個不停，沒有傘的我哪裡也去不了。

無計可施的我只能在玄關前冷得發抖。然而就在這時——

「——奇怪？阿巧？」

有個聲音喚了我的名字。我抬起頭，一名正準備進入隔壁房子的女性朝我跑了過來。

是綾子媽媽。

她是住在隔壁的美羽妹妹的母親——的妹妹，因為一些緣故，現在成為美羽妹妹的母親，和她一起生活。

她撐著一把像是超商販賣的塑膠傘。大概是下雨後才買的吧，她的衣服和頭髮都濕了。

「你、你怎麼了，阿巧？瞧你全身都濕透了……」

綾子媽媽從包包取出手帕，幫我擦臉和頭髮。她的臉靠得好近，讓我心跳猛然加速。

我──喜歡綾子媽媽。

雖然說喜歡，說實話我也不曉得是哪種喜歡，總之我就是喜歡她。

她長得漂亮、身材又好，和我媽大不相同。我最喜歡總是笑容滿面，對我好溫柔的綾子媽媽了。

「你回不了家嗎？你媽媽呢？」

「……我媽今天要晚上才會回來。她雖然給了我鑰匙，可是我忘了帶出門。」

「是這樣啊……那好吧，你來阿姨家。」

「咦？」

「再這樣下去，你會感冒的。你就在我家待到媽媽回來吧。」

綾子媽媽有些強勢地牽起我的手。然後我們就一起撐著傘，前往隔壁綾子媽媽的家。

「好了，不用客氣，進來吧。」

「抱、抱歉打擾了……」

儘管她說不用客氣，我還是難免有些緊張。

這是我第一次進到鄰居家。

進入屋內，關上門後，雨聲瞬間遠去。在綾子媽媽的催促下，我被帶往更衣間。

「我現在馬上燒洗澡水，你等一下喔。」

「呃……不、不用啦，這樣不好意思。」

「不行啦，身體一直濕答答會感冒的。」

「可是……」

「好了，你不用顧慮那麼多，快把衣服脫了。」

「啊……我、我知道了！不用麻煩啦，我自己會脫……」

眼見綾子媽媽動手要幫我脫衣服，我趕緊甩開她的手。都十歲了還讓人幫忙脫衣服，這樣實在太丟臉了。

「是嗎？那你把書包給我，我幫你擦乾。」

「嗯，好……」

我遞出書包後，綾子媽媽開始用毛巾幫忙擦乾。

我則是脫起衣服。但濕衣服黏在皮膚上很難脫下來，再加上綾子媽媽就在旁邊讓我莫名緊張，結果脫得不如預期中順利。

「唔……！奇、奇怪……」

「呵呵！真是的，你在做什麼啦，阿巧。來，雙手舉高。」

「啊，哇……」

結果看不下去的綾子媽媽還是幫了我。她一下就把我的上衣脫掉，讓我赤裸

著上半身。

接著，她又以流暢的動作——以恐怕是對美羽妹妹做過好幾次的熟練手法，也脫下了我的長褲。

而且居然連內褲都一起脫掉。

「哇、哇啊啊！」

我連忙用手遮住小雞雞。被、被看見了？我的小雞雞被綾子媽媽看見了？震驚和羞恥感令我腦袋一片空白，綾子媽媽卻顯得一派從容。

她露出若無其事的表情，將被一起脫下的長褲和內褲分開。

「哎呀～連內褲都濕了耶。那我來幫你洗一洗好了——」

「不、不是那樣的！」

「嗯？」

「我想穿的其實是比較成熟的四角褲，不是那種兒童三角褲！然而不管我說幾遍，我媽就是遲遲不肯買四角褲給我……」

「喔，是這樣啊。」

我為了維護身為小學四年級生的尊嚴而拚命解釋，可是綾子媽媽似乎完全沒有接收到我的熱忱。

她雖然臉上笑笑的，看起來卻一副無所謂的樣子。

咦……明明很重要啊。

是三角褲還是四角褲，明明就是超級重要的大事。

四角褲可是帥氣男人的象徵耶，妳難道不知道嗎？

不顧無法釋懷的我，綾子媽媽說了句「要好好暖和身體喔」，便拿著書包離開更衣間。

一絲不掛的我，就這麼被單獨留在更衣間裡。

「……綾子媽媽是不是把我誤認為幼稚園小朋友了啊？」

我獨自在浴室裡喃喃地嘆道。因為洗澡水還沒好，我先用蓮蓬頭清洗身體。

滿腦子……想的全是綾子媽媽的事情。

帶我回家還讓我進浴室洗澡，綾子媽媽果然好溫柔。然而感動之餘……卻也對於她完全不把我當男人看待這件事，滿懷悲傷與空虛。

唔嗯……

再怎麼說，我也已經十歲了。

已經是會對胸部之類感興趣的年紀。

卻被喜歡的大姊姊完全當成小孩子……應該說是當成幼稚園小朋友看待，我真是覺得既丟臉又可恥，心情十分複雜。

果然是因為我……個子又瘦又小的關係嗎？唔嗯……

正當我悶悶不樂地苦思時——嗶嗶的聲音響起，「洗澡水燒好了」的機械音隨即流瀉而出。

接著——

「洗澡水好像燒好了耶。」

浴室的門「喀啦」一聲地被打開。

我反射性地回頭望去——結果嚇個半死。

還以為自己靈魂出竅了。

是裸體。

徹底全裸。

綾子媽媽一絲不掛地進入浴室。

「哎呀，阿巧，你在洗頭啊。了不起、了不起。」

綾子媽媽以一如既往的笑容，邊說邊朝呈現恍惚狀態的我走來。每走一步……碩大的乳房便劇烈晃動。

好驚人。

平時就算隔著衣服也感覺得出來很大……結果實際上比想像中更大。

有生以來初次見到母親以外的女性裸體，我雖然嚇得險些就要昏厥過去……

「妳……妳在做什麼？」

還是勉強擠出這句話。

「嗯？什麼做什麼？我也想要一起洗啊。」

「為、為什麼……」

「當然是因為阿姨我也淋濕了呀。」

「不、不不、不可以這樣啦……」

「為什麼不行？阿巧你討厭跟阿姨一起洗澡嗎？」

「倒、倒也不是討厭……」

「呵呵呵，那就沒問題啦。」

面對笑容滿面的綾子媽媽，我無言以對。

啊啊，不行……綾子媽媽果然完全把我當成小孩子看待。她是用和美羽妹妹一起洗澡的心態和我洗澡，以為我單純只是因為害羞而不好意思。

完全不曉得十歲的小男孩已經會對性產生好奇了。

毫無防備。

沒有毛巾，甚至沒有用手遮遮掩掩。拜此之賜，胸部、臀部全都看得一清二楚。碩大有彈性的乳房、曲線明顯的腰部，以及……雙腿之間的——

「！我、我要出去了！」

滿懷羞恥和愧疚的我跳也似的站起身，衝向浴室外。

可是──

「──啊嗯！」

軟呼呼的。

綾子媽媽阻攔我，制止了我的行動。

由於我低著頭，沒有注意到前方──結果就這麼一頭衝進綾子媽媽懷裡。

全身被柔軟的物體所包圍──

「哇、哇、哇……」

「阿巧你真是的，怎麼可以在浴室裡奔跑呢，很危險耶。」

「唔、唔……」

「我知道你這個年紀的孩子不喜歡洗澡，但要是不讓身體暖和會感冒的喔。瞧，你頭也才洗到一半不是嗎？好了，坐下來，我幫你洗。」

「…………好、好的。」

全身被柔軟觸感包圍的我已經連反抗的力氣都沒有，只能對綾子媽媽唯命是從。她替我把洗到一半的頭髮洗完，又順便幫我洗過全身每個角落。

綾子媽媽的手撫遍我全身，從前方的鏡子不時能瞥見她的裸體。

嗚嗚……不行，感覺只要一鬆懈，鼻血馬上就會流出來……決定了，這種時候就來數圓周率吧。呃，3．14之後要怎麼計算啊？我記得數學老師在課堂上提過許多……對了，我想起來了。從國中開始，是把圓周率標記為π——派？歐派（註：胸部的日文發音）？不不不，不對不對，不是這樣……

就在我獨自悶頭苦思時，身體洗好了。

接著，我在綾子媽媽的命令下，被迫和她一起進入浴缸。

「呼，好舒服～」

「……………」

「阿巧你覺得如何？會不會太燙？」

「不、不會。」

「真是的……你為什麼要縮在角落啦？你可以過來一點，把腿伸直啊。」

「不、不、不用啦，我在這邊就好。」

「這樣啊。阿巧你好客氣喔。」

綾子媽媽露出苦笑。不，我才不是因為客氣。

「……喔呵呵。嘿！」

才聽見綾子媽媽發出淘氣的笑聲——忽然間……

她就伸手抱住在浴缸角落面向另一邊的我。

「抓到你了！」

「咦、咦……」

「好了，像這樣把腿伸長不是比較舒服嗎？你不用客氣啦。」

不，我才不是在客氣！

綾子媽媽抓著我的肩膀，硬是把我拉過去，從背後將我緊緊抱住。腿可以伸直的確是很舒服沒錯……不過身體各處觸碰到綾子媽媽，就某方面來說也很舒服。

倒不如說，她的胸部肯定抵在我的背上！

「呵呵呵。阿巧真的好嬌小可愛喔，感覺好像可以握在手裡一樣。」

綾子媽媽愉悅地說——我原本昏頭轉向的腦袋，卻因為這句話而頓時冷靜下來。

「……就算被稱讚可愛，我也開心不起來。」

「咦？」

「我在學校經常受人嘲笑，其他人都說我像女生，還要我穿裙子之類的……因為我的身材又瘦又小。」

「阿巧……抱歉喔，我什麼都沒想就說出那種話。」

綾子媽媽看似真的感到非常愧疚地向我道歉。

「但我覺得你不需要太在意喔，因為每個人長高的時期都不相同。而且男生的成長發育期本來就比女生來得晚。不用擔心，你應該很快就會愈長愈高了。」

「是、是這樣嗎？」

「是啊，就是這樣。你只要多吃多運動，之後自然能夠健康地長大。阿巧，你有在做什麼運動嗎？」

「嗯……我之前有踢過足球和打壘球，可是玩得不是很好，很快就放棄了。」

我不擅長球類運動，一方面是我不太會玩球。然而更重要的是，和同伴一起作戰的運動不適合我。我只要想到失敗了會給同伴添麻煩，就會非常緊張，最後便真的以失敗收場。

「這樣啊。那麼……你覺得游泳如何？」

「游泳？」

「沒錯。我也是最近才知道……聽說有在游泳的孩子腦筋大多都很好喔。而且在錄取很難考上的知名大學的人之中，也有很多人小時候曾學過游泳。所以，我在想之後也要讓美羽去學。」

「游泳……」

「況且，有在游泳的男人……該怎麼說呢，倒三角形的身材感覺很帥氣呢。」

「帥、帥氣……」

雖然是很單純的對話，但是綾子媽媽的那句話令我頓時動心了。

「那我去試試看好了。」

「真的？那麼，等阿巧你開始學之後，我也讓美羽去同一個地方學好了。啊啊可是，像是英語會話、跳舞等等，我還有好多才藝想讓她學耶，該怎麼辦呢？」

「綾子媽媽，妳為美羽妹妹設想好多喔。」

「這個嘛，因為我是美羽的媽媽呀。」

媽媽。沒錯，是媽媽。

綾子媽媽成為了美羽妹妹的母親。

雖然不是真正的親生母親——但是在喪禮那天，綾子媽媽成為了美羽妹妹的媽媽。

「……綾子媽媽好厲害喔。」

心臟怦怦地跳，話不由自主地從口吐出。

「我很尊敬綾子媽媽。」

「尊敬？我嗎？」

「嗯！綾子媽媽不是幫助了因為父母遭逢意外……變得孤零零的美羽妹妹

嗎？喪禮那時候，和其他大人們不同，就只有綾子媽媽優先為美羽妹妹著想。」

「…………」

「我當時真的覺得妳好厲害，好了不起。那時候的綾子媽媽簡直像是英雄。」

「──如果我是英雄就好了。」

喃喃地。

彷彿忍耐著痛楚的說話聲傳入耳裡。原本熱中沉迷地訴說著心中憧憬的我，不由得望向背後。

「如果我真的是英雄……如果我能夠像英雄一樣堅強、高尚、帥氣，完美地辦到一切就好了……」

「綾子媽媽……」

回頭向後的我不禁屏息。

淚水。

淚水自綾子媽媽的眼眶滑落。水珠劃過臉頰，滴入浴缸。

「妳、妳怎麼了……？」

「嗯，呃，其實我今天……發生了許多事。」

綾子媽媽以手拭淚，停頓了一下才開口。她的臉上雖然帶著笑，卻像是勉強堆出來的悲傷笑容。

「我在工作上遭遇失敗了。」

「失敗……」

「原本由我負責的工作……變成別人的。那項企畫案明明是我從頭想出來的，如今卻再也與我無關……」

一邊用我也能理解的話詳細解釋，綾子媽媽一邊說。

「雖然我只是一個剛進公司不久的新人，然而凡是有趣的點子，我們社長都願意給新人機會做做看。於是……我所想出來的企畫案受到許多人認同，眼看著就要開始執行了。可是……」

語調愈來愈沉重，但聲音中蘊藏的情感反而益發強烈。

「我卻無論如何都無法兼顧照顧美羽和工作。」

「…………」

「因為要去托兒所接她，完全無法加班；美羽一發燒，即使正在工作也得去托兒所接她……在那種狀態下，要著手推動新專案實在非常困難，還有許多人對我說『勸妳現在還是好好珍惜和孩子相處的時間吧』這種不知是挖苦還是體貼的話……社長雖然直到最後都很努力地想讓我來負責……但我實在過意不去，最後還是主動拜託她找別人來代替我。」

自己撰擬出來的企畫案，在不得已的情況下只好交給別人。那究竟是一件多令人難受懊惱的事情，十歲的我並不清楚。

但是，一見到綾子媽媽難過的表情，我便能深刻體會到她心中的酸楚。

「其實……工作的事情無所謂，反正是我自作自受。只不過……」

細小的聲音顫抖著。

一雙大眼再度滲出淚水。

「……當我正為了工作忙得不可開交時，聽到托兒所打電話來跟我說『美羽發燒了，請來接她回去』……我竟不禁有了那種想法。僅僅一瞬間——我腦中閃

過了『我果然沒辦法當母親，或許把她交給別人照顧才是對的』的念頭。」

「綾子媽媽……」

「我很沒用，很過分對吧？即使只有一瞬間，會有那種想法就算是失職的母親了……明明是我自己做出的決定，也應該已經做好心理準備……我明明是美羽的媽媽，美羽就只剩下我可以依靠了，我卻……我真的覺得自己好丟臉、好可恥……」

「…………」

我覺得那也是沒辦法的事。如果是正為了工作而忙碌不堪的時候，會瞬間產生那種念頭也很正常，任誰都有可能為自己早已做好心理準備的決定產生悔意。

但是——綾子媽媽連那一瞬間都不容許發生。

儘管沒有直接的血緣關係，想要成為母親的她，因為個性太過善良高尚，不容許自己的不成熟。

所以現在——才會流淚。

好大的衝擊。

這應該是我有生以來，第一次見到大人潸然落淚的模樣。

這個瞬間，克制不住悲傷而流淚的綾子媽媽在我眼中就像是一名柔弱的少女。

「……啊、啊哈哈。抱歉喔，說了這種發牢騷似的話。就算對你說這些，你大概也聽不懂吧。」

長我超過十歲的大姊姊，看起來宛如比我年幼，頑固又倔強的少女。

綾子媽媽擦擦眼淚，打馬虎眼般的笑道：

「我得振作才行。無論作為社會人士還是母親，我都必須更堅強不可，因為我今後得獨力將美羽撫養長大。」

「——妳不是一個人喔。」

我說道。

回過神時，話已脫口而出。

彷彿被從胸口深處燃燒竄升的情感推出來。

「綾子媽媽還有我喔。」

「阿巧……」

「雖、雖然我可能不夠可靠，不過只要是我能辦到的事情，我什麼都願意做！再說，不只有我，我爸媽也非常喜歡綾子媽媽和美羽妹妹！只要妳們有困難，不管什麼事我們都願意幫忙！」

我接著說。

「無論是遇到討厭的事情，還是難過的事情，我都會保護綾子媽媽。所以……所以綾子媽媽，請妳……不要再哭了。」

一隻手輕輕按在拚命吶喊的我頭上。

「謝謝你，阿巧。」

綾子媽媽笑了。她一邊撫摸我的頭，一邊瞇起仍滲出些許淚水的雙眼，看似由衷開心地笑了。

那副笑容實在太過美麗，美到我的心臟狂跳不止，好想立刻緊抱住她。

一定——就是從那天開始的吧。

那便是我墜入愛河的瞬間。

令人崇拜的鄰居大姊姊——收養遭遇不幸意外的姊姊夫婦的孩子，帥氣無比的成熟大姊姊。

十歲少年心目中的英雄，被盲目地神格化成女神、聖母的女性——見到那樣的她落淚，我內心深受衝擊。

然後，我為自己的誤解感到羞恥。

綾子小姐並非完美無缺的英雄。

既非女神，也不是聖母。

她只是努力地激勵自己成為一個善良、高尚的人而已。無論她看起來多麼帥氣，終究只是一名柔弱的女性。

所以——我想要保護她。

十歲小鬼說這種話雖然很可笑——但我還是想要那麼做。那一天，我許下了「想要保護她」這個不自量力的心願。

我想成為有能力保護綾子小姐的男人——
即使是十年後的今天，那瞬間的情感依舊沒有淡去。
不僅如此，反而還日益燃燒得愈發旺盛。

♥

「哎呀。早啊，綾子小姐。」
「早安，朋美小姐。」
隔天早上，我在垃圾場遇見了阿巧的母親——左澤朋美小姐。
「妳們前陣子好像幫我兒子開了慶生會，真是謝謝妳們啊。」
「不會、不會，這沒什麼大不了的啦。畢竟我們也老是受阿巧關照。」
「美羽在學校過得如何？已經習慣高中生活了嗎？」
「不曉得耶？雖然她每天上學感覺都還滿開心的，不過每次我只要問東問西，她就會擺出厭煩的表情。」

「啊～因為她正值那種難搞的年紀嘛。」

我們彼此問候，開始一如往常的日常對話。看在旁人眼裡，大概會覺得是三姑六婆在話家常吧。那是報告近況和八卦占了一大半，說起來沒什麼內容的閒聊。

可是，今天我在閒聊途中找了個時機點。

「啊、啊……對了，朋美小姐。」

開啟了話題。

「關於阿巧的事情……」

「嗯？巧怎麼了？」

「呃，那個……要怎麼說呢，阿巧也差不多到那個年紀了吧？」

「那個年紀……？」

「呃，就是那個……身為一個男人……會開始考慮和女性交往的年紀。」

「…………」

「我、我在想，不曉得朋美小姐身為家長，有沒有希望阿巧的交往對象要具

備何種條件之類呢？」

「……綾子小姐，該不會——巧對妳說了些什麼吧？」

我盡己所能努力地拐彎抹角，不過看樣子果然還是非常地不自然。起初一臉詫異的朋美小姐，突然露出察覺到什麼的表情。

「什、什麼意思？」

「就是……說出他對妳的心意。」

「——！這、這個……呃，那個，唔……是的。」

感覺到再搪塞也沒意義了，我老實地點頭。

「他在慶生會當晚……向我告白了。」

「……這樣啊。」

「當、當然，我已經明確拒絕他了！請妳放心，我並沒有打算和他交往！」

「…………」

「呃，那個，我、我也不是對阿巧不滿或是討厭他，只是以常識來思考，我們實在很難成為那種關係……」

「…………」

儘管我拚命解釋，朋美小姐卻毫無反應。

她不發一語地閉上雙眼，仰頭朝天。那是彷彿可以聽見「這一天終於來了啊」的心聲，一臉覺悟與看破的神情。

沉默數秒之後——

「綾子小姐。」

朋美小姐開口。

以下定決心接納一切的表情說道：

「要不要來我家喝杯茶？」

左澤家和我家一樣是兩層樓的獨棟房屋。

十多年前，這一帶被當成住宅用的分售土地賣出，在大型建商所舉辦的活動下蓋了許多房子。

也就是說，姊姊夫婦和左澤家幾乎是在同一時期建了新房，也幾乎在同一時期入住。

或許就是因為這樣，他們兩家過去彼此有著不錯的交情。

我在姊姊生前聽她提過好幾次「真是幸好鄰居是好人」。而且自從我開始在姊姊夫婦所蓋的這間房子生活以來，左澤夫妻也真的一直都對我非常好。

「大概是十年前吧。」

在左澤家的客廳——喝了一口用茶壺泡的茶之後，朋美小姐望著遠方開始說。我則是因為太緊張，還無法伸手拿茶來喝。

「綾子小姐妳曾經收留因為沒帶鑰匙而進不了家門的巧直到晚上，對吧？」

「是、是的。」

「那一天，巧回到家之後，跟我和我老公說『我長大以後要和綾子媽媽結婚』。」

「…………」

我不曉得該露出何種表情。

那一天——一起洗澡的那天，阿巧說了那種話。

「一開始，我和我老公以為他在開玩笑。心想就算不是開玩笑，大概也只是孩子心中的一份憧憬罷了。他可能是和綾子小姐妳玩得很開心吧。你們那天到底做了些什麼？」

「呃，這個……其實也沒什麼特別的……」

說、說不出口。

依這個情況，我絕對說不出「我們一起洗了澡～」這種話！

「我們本來只把那句話當作孩子胡說，隨便聽聽就算了……可是從那天起，巧變了。」

「…………」

「他變得很用功讀書，連我們之前勸他去學時一臉嫌惡的游泳，也突然主動說想要去學。不管是讀書還是運動，他都變得超級活力充沛地積極投入，也不再挑食了。他說『因為我要成為配得上綾子媽媽的帥氣男人』。」

「…………」

「無論是出於何種動機，難得兒子願意拿出幹勁這麼努力，身為父母我們也不想潑他冷水。況且我們也覺得，反正之後他應該就會在學校遇到喜歡的女生了。」

「可是……」朋美小姐接著說。

臉上的表情十分複雜。

「整整十年了，巧卻……始終說他喜歡妳。」

「…………」

「即使上了高中、上了大學，依舊沒有改變……」

「…………」

此時此刻——

我有種不管怎樣，都想先下跪道歉的心情。

「因為這樣，我和我老公也開始不安起來……呃，不是的，我沒有要說妳壞話的意思喔。只不過……妳應該懂吧？畢竟我們還是會在意年齡差距，還有美羽的事情。」

「……說得也是。」

這是理所當然的。

假使雙方的立場相反，我也會感到不安，並且堅決反對。

如果兒子說想和比自己年長超過十歲的單親媽媽結婚。

「我們雖然開過好幾次家庭會議，巧的心意卻絲毫沒有改變。無論我們再怎麼說服他，他一句話也聽不進去。那孩子的眼裡好像真的就只有綾子小姐一人……」

這時，朋美小姐停頓下來，吐了一口氣。

「這樣啊……那孩子終於向妳告白了啊。」

那副表情既落寞又空虛，流露出一言難盡的深沉感慨。是唯有養育孩子二十年的母親才會露出，讓人感受到為人父母的年齡的表情——

「為人父母，果然還是……希望孩子幸福，不希望孩子故意選擇可能會吃苦的道路。平平凡凡也無妨，只希望孩子能夠建立一個普通尋常的家庭……心中不免仍會懷抱這樣的心願。」

「……我明白。身為母親的我也是這麼想。所以請妳放心，我沒打算——」

「可是到頭來，那終究只是做父母的自私想法。」

「——和巧……咦？」

我不由得抬頭，定睛注視對方的臉。

朋美小姐臉上泛起像是領悟了什麼似的平靜微笑。

「什麼才是真正的幸福，這種事情不是由父母親決定的。說不定，我們反而應該感到高興才對，因為我家兒子很早就找到自己要走的路了。」

「呃……」

「如果那是他最近才冒出來的念頭，當然不可原諒。可是……那孩子持續努力了整整十年，無論課業還是運動都非常努力，高中和大學也都考上了門檻很高的第一志願……」

「那個……」

「我和我老公一直在旁邊目睹他的努力……」

「請問……」

怎、怎麼辦？

朋美小姐完全進入自己的世界了。她看起來像在跟我說話，實際上卻完全是在自言自語！而且還自行歸納作結！

「所以呢，我和我老公討論之後……決定同意巧和綾子小姐交往。」

「什麼？」

居然同意了？

同意他和我交往？

那我的意願怎麼辦？

「我們也在巧二十歲生日當天告訴他這件事了。跟他說我們身為父母，雖然不會聲援你，但也不會持反對意見。我們會尊重你的決定，你就隨自己的意思去做吧。」

居然做了那種事情！

在我家開慶生會的前一天做了那種事情！

我在內心瘋狂地吐槽。而朋美小姐這時才一副總算想起來似的望向我。

「啊！不過當然啦，最重要還是要看綾子小姐妳的意願。如果妳沒有那個意思，儘管甩掉他沒關係，不需要顧慮我們。」

「…………」

「但是——」

朋美小姐說道。

以強忍淚水的表情、難掩澎湃情緒的聲音，這麼說：

「假使……假使綾子小姐妳不討厭巧……到時……」

然後她端正姿勢，深深地低下頭。

「我兒子就麻煩妳照顧了。」

「…………」

我什麼話也說不出口。

感覺無論說什麼、作何反應，都會很奇怪。

所以……我沒有答應或否定，只是露出極其曖昧的笑容蒙混過去。

「我回來了……唔哇!媽媽,妳又死了啊?」

傍晚——

從學校回來的美羽見到如死屍般倒在沙發上的我,傻眼地這麼嘀咕。儘管客廳沒有像前陣子一樣亂糟糟,但是身為母親,我的德性恐怕還是一樣沒出息。

「妳又在煩惱巧哥的事情了?」

「……嗯,是啊。」

「妳趕快跟他交往不就沒事了。」

「事情怎麼會變成這樣……」

我一邊嘆道,一邊從沙發坐起身。

「今天……我和朋美小姐談過了。」

「妳是說巧哥的媽媽?該不會……是談關於巧哥的愛的告白吧?」

「嗯,就是那件事。」

「不會吧!太猛了!結、結果怎麼樣?她果然反對嗎?她有打妳嗎?她有說

『妳沒資格喊我媽』嗎？」

「……她說『我兒子就麻煩妳照顧了』。」

見到我抱頭這麼說，美羽一臉失望的表情。

「什麼嘛，結果沒有發生激烈衝突啊。」

「妳為什麼要期待發生衝突場面……？」

「不過還是好驚人喔，居然獲得對方家長的同意。像媽媽這種帶著拖油瓶的女人，一般應該都會被對方家長討厭呀。」

美羽的口氣一派輕鬆。雖然她把自己當成了「拖油瓶」，不過她真的明白這個詞的意思嗎？

「既然對方家長都公認了，那不是太好了嗎？媽媽，這下妳可以無所顧忌地和巧哥交往了。」

接著她又意氣風發地這麼說。

啊啊，這究竟是什麼情況？

不但女兒全力聲援，又獲得對方家長的同意。

要怎麼說呢……感覺已經毫無阻礙了！

而且來自周遭的催促十分猛烈！

既然身旁親友都已經被搞定，這下也只能交往了——

「……怎麼可能那麼做啊。」

我說道。

像是要說服自己似的說。

「什麼交往啊、結婚啊，這種事情不是那麼簡單的。」

「從沒結過婚的媽媽講這話好沒說服力。」

「……妳、妳很煩耶。」

弱弱地反駁美羽尖銳的指謫後，我從沙發上站起來。

「算了，我不會再依賴其他人，我要自己想辦法解決。」

我用力握拳。

「……阿巧八成是有什麼誤會啦。他應該是對年長女性懷有夢想，或是至今仍對小時候的初戀無法忘懷之類的。」

若非如此，實在無法解釋。

因為我——不是那種值得他傾慕十年之久的女人。

只是一個年過三十的平凡大嬸。

即使我們交往——也只會令他感到失望。

既然他遲早都會失望，還不如早點失望比較好。

就算會受傷，趁傷得還不深時收手肯定才是對的。

「既然阿巧活在夢裡，我必須讓他從那場夢中醒過來。我要讓他看清，我這個女人的……可悲現實。」

我堅定地說。

「我要將之取名為：『讓阿巧看清三字頭女人的現實後討厭我大作戰』！」

「……好土的名字。」

美羽冷冷地批評。

之後，她又補槍說了句「話說，『○○大作戰』這種命名方式也太老套，感覺好歐巴桑喔」，害我差點玻璃心碎滿地。

第五章
作戰與混沌

作戰計畫一：

「三字頭女酒鬼好可怕大作戰」。

這招……應該夠猛吧。

一個女人老大不小了，還忘我地沉溺於酒精之中，實在有夠難看。只要讓他見到我醉醺醺的醜態，再熱烈的情意肯定也會冷卻。

於是——

我選了一個阿巧來當美羽家教的日子執行作戰計畫。

趁著他們兩人在房間時——開喝。

我將前陣子才開瓶，大約還剩下一半的高級葡萄酒——不管三七二十一就直接拿起來灌。

咕嚕。咕嚕。咕嚕。

什麼味道的已經管不了那麼多了。無論是高級葡萄酒特有的溫潤口感，還是馥郁的水果香氣，我都完全不去感受，以最差勁的喝法將剩下的酒飲盡。

當阿巧從二樓下來時，酒瓶已經空了——

而我則是完全準備就緒。

「綾子小姐，不好意思，美羽說她想喝飲料——咦？」

似乎是來拿飲料的阿巧，在打開客廳門的瞬間發出驚呼。

恐怕是因為見到我像死了一樣地趴在桌上的關係。

「啊～……阿、阿巧……？」

即使拚命想要坐起來，全身卻癱軟無力。

身體搖搖晃晃，眼前天旋地轉。

啊……

看樣子，我好像完全喝醉了。

應該說……與其說醉了，我只覺得整個人好不舒服。因為以過去不曾有過的

速度大量攝取酒精，胃感覺產生了謎樣的反應。

「妳、妳還好嗎？」

「……我、我、我好得很～只、只、只是喝醉了啦～」

「妳自己把之前剩下的葡萄酒……全部喝完了嗎？」

「嗯，全喝完了。我喝醉了喔～」

儘管身心狀態都糟透了，我仍舊設法轉動昏沉不清的腦袋，拚命演出酒醉的模樣。

扮演一個糟糕的女酒鬼。

「妳在做什麼啊，綾子小姐……？」

「……之前我一直瞞著你，其實我很常自己一個人喝酒喔。而且還是那種把自己喝到爛醉的差勁喝法……」

「咦？呃……綾子小姐，妳應該很少喝酒才對吧？」

「會、會喝，我會喝！我只是之前瞞著沒告訴你而已，其實我喝超多的！是會去居酒屋一家接著一家喝的類型！還會用啤酒杯一口氣乾掉伏特加！」

「……但伏特加應該不是用啤酒杯，而是用烈酒杯喝才對。」

「是會用荔枝搭配龍舌蘭酒的類型！」

「……龍舌蘭酒應該是搭配萊姆吧？」

「我也超喜歡平民化的覺嗨！」

「……奇怪，我想一般應該是唸成角嗨（註：以威士忌「角瓶」調製成各種風味的調酒）喔。」

糟糕！

本來想演酒鬼，結果我對於酒的知識超貧乏！

「總、總總、總之我會喝啦！自從出了社會之後，我就一直以酒精來排解工作的壓力，下班後就到處喝酒。不但經常喝到早上才回家，還曾經醉到被人帶回家去——」

「綾子小姐，妳在胡說什麼啊？」

阿巧微微苦笑著，對拚命滔滔不絕的我說：

「其實妳是最近才解禁喝酒的吧？」

「呃……」

「妳以前明明說過，因為女兒還小，公司的飲酒聚會妳全都拒絕不參加。」

「那是……」

「就連有一次妳來我家吃晚餐時……我老爸向妳勸酒，妳也以『要是半夜美羽發生什麼事，不能開車就麻煩了』為由，斷然拒絕了。」

「…………」

我的確——禁酒了很長一段時間。

因為假使美羽半夜發燒或受傷，我無法開車就糟糕了。

在我們所居住的地方都市，不管去哪裡做什麼都需要開車。對母女倆相依為命的歌枕家來說，發生緊急狀況而我卻不能開車的狀況十分嚴重。

所以，一直以來我都極力避免飲酒。

大概直到美羽考完高中，我才終於解禁——

「你、你連這種事情也記得啊……」

「當然記得啦。」

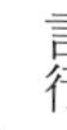

阿巧說。

「因為我一直都在關注著綾子小姐。」

「……！」

原本就因為葡萄酒而發熱的臉，感覺又變得更燙了。

「這、這個嘛……我雖然曾經拒絕飲酒，不過呢，那個──啊唔！」

不敢直視他的我，試圖從椅子上站起來想要逃跑，卻在一陣頭暈目眩下失去平衡。感覺醉意愈來愈濃了。

「妳、妳沒事吧？」

阿巧立刻摟住我的肩膀，攙扶我。

「妳好像醉得很厲害呢。說話也開始語無倫次……」

他似乎以為我為了裝成酒鬼而展現的演技，全是因為喝醉才出現顛三倒四的言行。

對此，我既安心，又覺得心情有些複雜……

「我知道妳想獨占昂貴的葡萄酒，但是不可以用奇怪的方式喝酒啦。」

「……是、是的。」

我居然被二十歲的孩子指正了！嗚嗚……不是這樣的！你以為事情會變得這麼奇怪是誰害的啊！

「總之，我送妳回房吧。」

「咦……不、不用啦！我自己會走……」

我逞強地想要甩開他的手，腳步卻再次踉蹌，結果又讓阿巧出手攙扶我。

「奇、奇怪……？啊嗚……好、好像不行耶……不！得、得想個法子……」

「……恕我失禮了。」

用彷彿下定決心般的聲音這麼低語後——輕輕鬆鬆地……

阿巧一把將我抬起。

一隻手摟著我的肩膀，另一隻手則伸到兩腿膝蓋下方。

也就是俗稱的公主抱——

「咦、咦、咦咦～～？你、你在做什麼啊，阿巧！」

「對不起……我怕妳有危險，沒辦法放著妳不管。」

「就算是這樣……」

好、好丟臉！

都這把年紀了，居然還被公主抱！

「……我、我很重吧？」

「完全不會。我反而還覺得妳太輕了呢。」

如此敢言的他，確實非常輕易地將我抬起。

「那就回房間吧。」

「……好。」

我一句話也說不出來，只能點頭應允。

本來應該要讓他看見我醉醺醺的醜態……結果不知怎地，我反而見識到了他的溫柔和可靠。

「三字頭女酒鬼好可怕大作戰」——大失敗。

作戰計畫二：

「三字頭敗家女好可怕大作戰」。

這招……夠猛了吧。

那種會花大錢收購名牌貨、到處品嘗昂貴午餐和晚餐的女人，男人一定覺得很討厭。

應該說，連我身為女人，也對那種女人感到厭惡。

不過嘛，如果是像狼森小姐那種自己開公司的職業女強人，想怎麼豪邁地花自己賺來的錢都是她的自由。然而像我這種微不足道的女性上班族，倘若花錢還那麼不知節制，看在別人眼裡大概就會是很不像話的行為了。

一旦得知我是個愛慕虛榮、鋪張浪費的女人，阿巧肯定會很失望。

於是——

我為了扮演敗家女，在購物網站上隨便挑選了自己沒什麼興趣的名牌貨買下

——事情本來應該是這樣的。

然而到了最後一刻，我的內心卻產生強烈的糾結。

「……唔～～啊～～……」

我癱在客廳沙發上，一個人不斷地呻吟。

手裡拿著手機。

購物網站的購買畫面已經在只要再點擊一次就確定購買的狀態下……維持了三十分鐘，我卻遲遲點不下去。

「咦～～唔哇～～……這、這個要二十萬日幣……？這種感覺裝不了什麼東西的包包要……二、二十萬……？」

我本來打算姑且買個任誰都知道的知名高級品牌包，孰料金額卻讓我嚇到眼珠差點掉出來。

好貴。

即使是最低階的款式，還是好貴。

不，太離譜了。

一個包包居然要二十萬日幣。

雖然我的存款也不是少到付不起……但是我們家絕對稱不上富裕。

美羽才剛升上高中，接下來還有很多地方需要用錢。我無論如何都想讓她上大學，可以的話，更希望她可以不用靠獎學金支付學費。因此，我正打算從現在開始好好地存錢——

怎麼可以把錢浪費在這種地方呢？

「……唔唔～～啊～～還、還是不要好了……」

幾經煩惱後，我按下確定訂購畫面的取消鍵。

「三字頭敗家女好可怕大作戰」——自主放棄。

作戰計畫三：

「……其實真的不想這麼做大作戰」。

這項作戰計畫——堪稱是背水一戰。

由於接連遭遇失敗……如今除了執行這項作戰計畫外別無他法。

要執行這項計畫——我可以說是痛下決心。

之前的兩項計畫就某方面來說算是過度偽裝……勉強自己扮演酒鬼、敗家女那樣的角色。

可是——這次不同。

在作戰計畫三中，我將暴露出自己的一切。

毫不隱瞞地公開真實的自己。

損失無法估量。

儘管如此——也只能放手一搏。

這一切都是為了讓阿巧看見真實的我，然後幻滅——

下定決心的我，在做好各項準備之後，把阿巧叫到家裡來。

「綾子小姐，妳說想讓我看的東西是什麼——」

阿巧進到家裡，打開客廳的門後，整個人頓時僵住。他兩眼發直，張大嘴巴。

「閃耀吧，孤傲的銀彈！愛之皇・索麗緹雅！」

我──說出來了。

沒錯，說出剛才那句台詞的人正是我。

我站在客廳中央，拋下羞恥心、尊嚴等所有的一切，從丹田使盡全力大聲地說。

一邊擺姿勢，一邊全力喊出動畫角色的自介台詞。

裝扮是──專門給小女孩看的作品中會有的軟綿綿、輕飄飄、閃亮亮服裝。手裡則握著裝飾繁複、色彩繽紛，變身道具兼武器的手槍。

「綾、綾子小姐……」。

「……呵、呵呵……你終於看到了啊，阿巧。」

我以平板的語調對愣住的他這麼說。

呃，雖然與其說看到，應該是我故意表演給他看的才對──但我還是要說。

「這才是……真正的我喔。」

外表是角色扮演的狀態，態度卻已回復原本的自己。

因為我在開頭那一次，就用盡化身成動畫角色的能量了。

「之前我一直瞞著沒告訴你……其實，我非常喜歡電視動畫『愛之皇』系列。非常、非常喜歡……是個都一把年紀了，還會購買周邊玩具、服裝的宅女……明明都已經超過三十歲……」

壓抑內心的各種糾結和躊躇，我坦承了自己的祕密。

「愛之皇」。

這是星期天早上播放給全國小女孩收看的動畫，亦即所謂的變身魔法少女動畫，主要故事情節就是手持變身道具的女孩和壞蛋作戰。目前正在播放的是第十四季，以蔬菜和武士為主題的「愛之皇．蔬菜」。

而我……該怎麼說呢，我對於這個「愛之皇」系列十分著迷。

每星期我都一定會錄下來，並且最少重看三次左右。

「……起初，我是為了美羽才看的。剛收養美羽那時候，因為她和一般普

通小女孩一樣也喜歡『愛之皇』，我便開始跟著看。每星期兩個人都會一起收看……」

十年前──

收養美羽後，由於想要有可以兩人一起做的事情、想要有共通的話題，我開始看她所喜歡的「愛之皇」系列。

當時正好剛開始播放第四季「愛之皇．鬼牌」。

然後──我便從此陷進去了。

「……結果反而是我超級入迷。」

──喔，最近給小女生看的動畫還滿厲害的耶。

──和我小時候完全不一樣，動作非常流暢。

──……好厲害。

不僅故事情節講究，主題也相當有深度，感覺一點都不像是給小朋友看的。

──……咦？咦？騙人，沒想到……劇情竟然會突然急轉直下。難道說……

從第一集開始就全是伏筆嗎？太、太驚人了！這下只能把光碟全部買回家了！

——哇!太、太棒了!原來也有為大人推出的商品啊!

事情就是這樣。

原本是為了美羽才開始收看這部給小女生看的動畫,結果回過神時,我已經陷得比美羽還要深了。

「美羽升上國中……不對,大概是國小高年級時就不再看了……我卻……沒能放棄追劇。現在我都是自己一個人看,每年還會偷偷跑去看電影版……像是『PREMIUM DANBAI』為大人推出的商品等等,我也經常會買回來收藏……」

我低頭俯視自己的裝扮。

以黑色為基調的輕飄飄服裝,以及裝飾繁複華麗的變身槍。

每一樣都是在「PREDAN」購入的。

「PREDAN」——知名玩具製造商「DANBAI」為大人設立的購物網站「PREMIUM DANBAI」的簡稱。

那個網站上販售著許多價格昂貴且高品質的動畫&特攝商品。而我是「PREDAN」的重度使用者。

我對於購買名牌包這件事會猶豫老半天，卻很容易對這類玩具手滑。

「……如何，阿巧？這才是……真正的我喔？都老大不小了還沉迷於給小女生看的動畫，甚至會偷偷在房間裡玩角色扮演……我是這樣的一個女人喔？」

說出來了。

我把一直以來隱藏的自己毫無保留地暴露出來了。

儘管羞恥感和空虛感令我幾乎掉淚……但是，這樣就好。

只要明白我是這種丟臉的女人，阿巧應該就會對我幻滅。

都已經是年過三十的女人了，居然還對小孩子的動畫著迷——

「……那是……」

不久——

沉默半晌的阿巧開口。

一邊帶著些許苦笑，注視著身穿角色扮演服裝的我。

「水雞島灯弓所變身的『愛之皇‧索麗緹雅』的服裝對吧？」

「……咦？」

「即使過了十年，水雞島到現在還是超級受歡迎耶。不但好像會定期推出周邊商品，去年還以特別嘉賓的身分在夏季電影中驚喜演出。」

「沒、沒錯！小灯弓有登場去年的夏季電影！因為是事前完全沒有透露的大驚喜，結果上映首日在電影院引起軒然大波！我也驚訝到都忍不住哭了！配音員也是本人——咦………？」

情不自禁聊起來的我，中途忽然恢復理智。

目不轉睛地盯著阿巧的臉。

「你、你怎麼會知道小灯弓，還有這套服裝的事情？」

「這個嘛，因為我也是每個星期都在看『愛之皇』。」

「什、什麼？」

阿巧繼續對震驚的我說：

「說得更明白一點……其實，我早就知道綾子小姐妳喜歡『愛之皇』了。」

「……咦咦？」

他早就知道了？

知道我的丟臉嗜好？

「為、為為、為什麼……？」

「因為美羽跟我抱怨，說妳老是偷偷摸摸地買周邊商品回來，在房裡玩角色扮演，還有覺得妳找她去看電影和參加活動很煩。」

美、美羽～～！

妳為什麼要把自己媽媽的醜事洩漏給鄰居知道啦！

「不過，我本來就還滿宅的，很喜歡看動畫和漫畫……而且我也很想看看綾子小姐喜歡的動畫，所以就從頭開始看起『愛之皇』系列……結果看了之後覺得很有趣，從此之後也變成粉絲。」

阿巧一邊撓臉頰，一邊露出難為情的笑容。

我則是……因為打擊太大而呈現失神狀態。

阿巧早就知道了。

早就理所當然似的得知我拚命隱瞞的嗜好。

非但如此——他還試著去理解。

不帶輕蔑和偏見，試著去喜歡上我所喜歡的東西——

「『愛之皇』真的很有趣耶。其實我一開始也是帶著輕視的心態，心想應該只是給小孩子看的玩意兒，結果沒想到主題很有深度，也有一些沉重的情節……不過，整體而言還是一部適合兒童收看的作品，這一點相當厲害。」

「沒、沒錯！就是這樣！始終保持適合小孩子收看這一點非常重要！像是要配合玩具製造商、揣測教育委員會的想法等等，儘管面臨那些麻煩的阻礙，依然盡可能地將理念傳達而出，這一點真是太了不起了！」

我整個人興奮到忘我。

接著，阿巧將目光轉向我手上的槍型玩具。

「那是……『愛之皇．索麗緹雅』的變身道具吧？如果我沒記錯，那應該是『PREDAN』的限定販售款，價格十分昂貴……」

「……沒、沒錯。這並非播放當時所販售的玩具……而是幾年後為大朋友們推出的商品……售價大概是五萬日幣……」

「五萬……」

「不、不過，它的品質很對得起這個價格喔！每個細節都做得非常精緻，感覺真的跟劇中道具一模一樣！而且你看，只要按下這裡，還會發出配音員的聲音呢！」

──「我的王牌招數是──雙面性！」

「唔哇，好厲害！等等，那不是……第三十六集的經典台詞嗎！」

「沒錯！這正是第三十六集的經典台詞！除此之外，裡面還收錄了許多劇中的經典台詞！另外，按下這裡還會播放主題曲和插曲呢！」

「原來如此。既然這樣，那麼要價五萬日幣……也就可以理解了。」

「對吧、對吧！」

「綾子小姐果然最喜歡水雞島灯弓嗎？」

「這個嘛……其實我之前也曾喜歡過其他角色，不過到最後還是最支持小灯弓。畢竟『愛之皇・鬼牌』本身就是一部傑作中的傑作。『愛之皇們要互相殘殺直到剩下最後一人』這樣的設定，在現今這個時代是絕對不可能出現的；即使是十年前，聽說製作人也曾經為此到處跟人家對抗。在幾乎每週都有角色死去、殺

氣騰騰的世界觀中，水雞島灯弓所變身的『愛之皇・索麗緹雅』雖然是所謂的候補皇帝……但無論如何，總之全部都好帥氣！」

「她真的很帥氣呢。雖然一開始冷冰冰的，像隻獨來獨往的孤狼，後來卻漸漸展現出對同伴的炙熱情誼……然後到了劇情中段——」

「沒錯，中段時壯烈的墮落入魔！儘管被狠狠推入地獄深淵，卻努力掙扎著從那裡回到光明世界，那份精神實在太令人敬佩了！」

「哎呀，她真是太帥氣、太值得尊敬了。唔哇～說著說著，我又想重看『愛之皇・鬼牌』了。」

「那就看吧！我有整套的藍光完整版！馬上借給你……不，我也要一起看！就在我家舉辦放映會吧！」

「可、可以嗎？」

「當然可以！能夠和阿巧一起看，我超開心的！對了！我們也一起去看今年的夏季電影吧！之前阿姨我都覺得自己一個人去好丟臉……但是如果你有陪我，我就不怕了！」

「好！我一定陪妳去！」

「太好了、太好了！那就這麼說定嘍！」

之後，我們繼續熱烈地談論「愛之皇」。超過二十歲，成為社會人士之後超入迷的動畫……這是我第一次跟某人談論這項興趣，整個人簡直開心到不行。

興奮地約好絕對要兩個人一起去看夏季電影，目送阿巧離開後——我深受懊悔折磨。

「……不對。為什麼？事情怎麼會變成這樣？」

我在客廳沙發上抱頭呻吟，沮喪無比。

為什麼？

究竟是哪裡出了差錯才會變成這樣？

明明想要讓他討厭我，為什麼回過神時，卻約好了要約會？

而且感覺還像是我主動邀他的。

「嗚、嗚嗚……都是阿巧不好啦……都怪他說什麼喜歡愛之皇……聽到他那樣說，我當然會很開心啊！虧我之前還一直隱瞞這項嗜好……」

結果孰料他居然能夠理解。

原以為會讓他退縮的嗜好，竟然是共通的興趣——

「哪像美羽就只會瞧不起我……」

「我當然會瞧不起啊。」

回過神來時——

從學校回來的美羽已經站在客廳裡了。

大概是已經習慣我攤在沙發上沮喪的樣子了，她也沒有吐槽，只是傻眼地俯視著我。

「畢竟有哪個母親會瘋迷小女孩看的動畫，還每年都去看電影，甚至購買周邊商品。」

「美、美羽……」

「不過算了，每個人都有自由擁有自己的嗜好。我只希望妳不要找我去，因

為我沒興趣就是沒興趣。」

「可、可是……有什麼辦法嘛，要我自己去看『愛之皇』的電影或參加活動……我就是會覺得不自在啊！儘管我擺出一臉『我來買周邊商品是為了女兒，有意見嗎？』的表情，但依舊有極限啊！倘若有人陪我去，我會比較安心嘛！」

「既然這樣，以後妳跟巧哥去不就得了？」

「這、這個嘛……」

我頓時語塞，說不出話來。

美羽深深地嘆了口氣。

「看樣子，被巧哥討厭大作戰進行得不太順利呢。」

她如此說道。

我無可反駁。

她說的沒錯，作戰計畫截至目前全都失敗了。

原本應該要向阿巧展現我難堪的樣子，讓他感到失望，結果卻不如預期。

非但如此……甚至覺得雙方的距離逐漸縮短。

感覺彼此的好感度逐漸提升。

「不、不過，這項作戰才剛開始而已！反正我有好多缺點，之後一定能夠降低他對我的好感——」

「我說啊……」

美羽開口打斷我的話。

以不只是錯愕，甚至流露些許怒氣的語氣。

「妳究竟打算逃避到什麼時候？」

「咦……」

我愣住了。

不明白她話中的意思。

「算了，妳要這樣也無所謂。既然媽媽是那種態度，我也有自己的打算。」

無視無言以對的我，美羽自顧自地走上二樓。

想看的人再看吧。「愛之皇」用語解說

・「愛之皇・鬼牌」

星期天早上播放的國民動畫「愛之皇」系列的第四季。雖然基本上是所謂的變身魔法少女動畫，不過每一季的風格類型都截然不同，無法一概而論。目前正在播放的是第十四季的「愛之皇・蔬菜」。

宣傳標語

「一切將在王牌嗤笑的夜裡反轉。」

內容──以撲克牌為主題，五十二位愛之皇互相殘殺到剩下一人的大亂鬥型故事。其極具挑戰性的作風和完整世界觀、令人驚嘆的伏筆安排等等引發討論，博得觀眾們狂熱的支持與喜愛。在播出前的宣傳中，被當成女主角介紹的十三歲少女「愛之皇・凱蒂（紅心A）」在第一集初次變身後隨即死亡的壯烈劇情，至今仍是一則不褪色的傳說。另外，劇中還具備了推理元素，觀眾可以享受從五十二位愛之皇中，推測哪一個人是「既是起點也是終點」的「鬼牌」的樂趣。不僅錯過一集就會跟不上情節發展，「錯過一集，喜歡的角色就可能死去」這種殘酷的劇情安排也是一大特色。戰鬥方面，雖然有非常多愛之皇們互相對打，彼此消滅的場景，不過那些最後都會和「她們的對戰其實是超越者們在玩抽鬼牌」這個事實連上關係。其次，本篇中雖然有許多十分殘酷且悲慘的嚴肅場面，但是在玩具製造商的考量之下，變身道具的名稱、必殺技的名稱等等大多都非常詼諧滑稽，這樣巨大的反差也相當引人入勝。

・愛之皇・索麗緹雅（黑桃Q）

水雞島灯弓。

十四歲，就讀國中二年級。利用變身機槍「心兒砰砰跳麥格農」來變身。在劇中屬於候補皇帝的身分。

祕密主義者，同時也是孤獨主義者，總是對他人擺出冷淡的態度，沒有半個親近的朋友。雖然是從一開始就登場的主要角色之一，卻不想和其他主要角色親近，始終與他人保持距離。平時性格理性且冷酷，然而一旦遇上戰鬥場面就會展現出好戰的一面。另外，偶爾也會表現出害怕力量失控的舉動。

其真實身分是掌管結束與毀滅的萬惡根源「鬼牌」，這個事實在劇情中段被揭發──然而實際上，她只是遭到真正的「鬼牌」洗腦，誤以為自己就是「鬼牌」的平凡少女。說起來，她會害怕自己的力量失控也是誤會一場，其實她根本是不具任何力量的凡人。得知這個事實的她，因為過於恥辱和絕望而暫時脫離戰線，卻在現世與冥界交融的世界──極樂世界，與第一集中被自己殺死的愛之皇・凱蒂重逢。水雞島從她身上獲得作戰的決心和紅心A的力量，成功覺醒成為愛之皇・索麗緹雅＝皇后型態。

她的戰鬥方式是使用變身機槍「心兒砰砰跳麥格農」作戰。除了擅長活用彈數無限的特性從遠處掃射，近身作戰時亦能完美使出槍械格鬥術。第六集中靈活流暢的槍械格鬥動作場面甚至被譽為名留動畫史的傳說。但是據說由於短短一分鐘的動作場面就耗費了一整集動畫的預算，製作人因此被上級罵得狗血淋頭。也許是受到那件事情的影響，第七集以後的戰鬥場面就變成只有發射光束了。

播出結束的十五年後，如今水雞島灯弓依舊是非常受歡迎的角色。儘管她在本篇中已經死亡，每年的慶典電影卻仍會找理由讓她復活。

第六章
真心話與表面話

♥

那一天，是阿巧來當家教老師的日子，他照常在相同時間來到我家。

兩人在二樓讀書的期間，我則是在一樓洗碗、洗衣服等等——然後，狼森小姐打電話來了。

那是一通打來稍微確認工作的電話，事情本身很快就處理完畢。

但是——

『哈哈哈！什麼嘛，原來在我不知道的時候，發生了如此有趣的事情啊。真沒想到——妳居然會被住在隔壁的大學生告白。』

狼森小姐笑得非常開心。

啊啊，我果然不應該告訴她的。

確認完工作之後，心想找她商量一下好了的我，才剛以「這不是我，而是我朋友的故事～」作為開場白，結果她瞬間就拆穿我的謊言，接著一轉眼便把所有情報統統套出來了。

不愧是能幹的女社長。

說話技巧真不是蓋的。

……算了，反正這也和我的防禦能力太低大有關係。

『他叫左澤巧啊……說到這裡，我記得妳以前常常提到他呢。妳說，妳請住在隔壁的男生當妳女兒的家教。不僅如此，甚至還希望那孩子跟妳女兒交往，對吧？』

「…………」

『但那個左澤的意中人……卻不是妳女兒，而是妳這個做媽的啊。咯咯！啊哈哈！這真是太妙了。』

「……這有什麼好笑的啦。」

『哎呀，真抱歉。』

我一回嘴，狼森小姐立刻開口道歉。

語氣卻依舊愉悅。

『不過，這不是很純情嗎？那孩子可是單戀了妳十年之久耶？』

好像是這樣沒錯。

說純情……確實很純情。

甚至有點純過頭了。

『能夠讓一個人為妳專情到這種地步，真是令人羨慕啊。』

「什麼羨慕……妳真是的！拜託妳別嘲笑我了啦，狼森小姐。我可是很認真想找妳商量耶。」

『嗯？可是我沒有嘲笑妳的意思啊。』

狼森小姐的語氣顯得疑惑。

『商量……唔嗯，原來妳是要找我商量啊，我還以為妳是要跟我炫耀呢——好吧，妳究竟想找我商量什麼？』

「這還用問嗎……當然是我接下來該怎麼辦……」

『妳跟他交往就好啦。』

狼森小姐回答。

並非──嘲弄的口吻。

而是極其普通，宛如陳述理所當然的答案般的口氣。

『就我所聽到的，他似乎是個誠懇、專情的好男人。總之妳先跟他交往看看吧。要是交往後覺得不行，屆時再分手就好。』

「……事、事情哪有那麼簡單……」

『男女之間本來就是這麼簡單啊。反倒是妳，會不會把事情想得太困難了？』

「…………」

『感覺起來，妳似乎很在意和對方的年齡差距……可是他也已經超過二十歲了吧？把那樣的對象當成小孩子看待，我反而才覺得失禮呢。』

「或許是那樣沒錯……不過，我仍舊沒辦法把事情想得那麼簡單。」

『唔嗯？』

「要現在的我和小十歲的男孩子交往……以常識來思考根本是不可能的事情。我們之間不可能順利的……」

『……噗！啊哈哈！啊哈哈哈哈！』

狼森小姐笑了。

一副忍不住似的放聲大笑。

「狼、狼森小姐？」

『啊哈哈。哎呀～失敬失敬。因為我沒想到會從妳口中聽見「以常識來思考」這種話，忍不住笑出來了。』

「…………」

『十年前——才年約二十歲就決定收養姊姊夫婦的孩子的人，不曉得是誰喔？』

狼森小姐說道。

『才剛找到工作，沒半點存款，也完全沒有育兒經驗……儘管如此，妳還是決定收養美羽。做出這種「以常識來思考」很奇怪的決定的人，不正是名叫歌枕綾子的女人嗎？』

「…………」

我忽然想起——

想起十年前的事情。

在喪禮會場決定收養美羽的我——當時的我，曾考慮到所謂的「常識」嗎？

不，我沒有。

是感情驅動了我的身體，我的腦中甚至沒有浮現那樣的字眼。

『哎呀呀，看樣子這十年來妳也變了不少呢。』

狼森小姐以挖苦似的口氣繼續說：

『當時的妳——大概還很年輕吧。因為年輕，能夠不顧一切地跟隨湧上心頭的感情行事；能夠拋棄自己的生活，為了某人奉獻一切。這是因為——妳沒有可以失去的東西。』

「可以失去的東西……」

『沒有東西可以失去的人，什麼都辦得到，什麼都可以挑戰。但是人活得愈久，人生中堆積的東西就愈多，失去了會感到困擾的東西會不斷增加。像是金錢、家人、朋友，或是尊嚴和自尊心……那些東西不斷增加就是所謂的「老

去」。』

「…………」

『人啊，年紀愈大就愈害怕跌倒。』

狼森小姐這麼說。

『歌枕妳之所以能夠做出養育外甥女的決定，恐怕是因為妳「當時很年輕」吧。可是——現在的妳不一樣，妳已經老了。妳在這十年的歲月中，增加了許多失去了會感到困擾的東西。』

十年前——

為了收養美羽一事互起爭執的親戚們的模樣，浮現在腦海中。

老實說——我當時很瞧不起他們。

對於只考慮自己，完全不替美羽著想的他們，我心中有種近乎失望、憤怒的情緒。

但是……

如今回頭想想——他們或許也很拚命。

為了守護自己的生活，為了維持與家人的寶貴生活而拚命。他們並非沒有替美羽著想，而是因為他們有著比親戚的孩子更需要珍惜的家人——不能失去的東西。

但是我——什麼都沒有。

所以我才能夠跟隨心頭湧現的感情行事。

那也許是可以稱之為善良、大愛或是正義感的感情，也許是值得當成美談傳頌的高貴情操。

可是——我之所以能夠懷有那種情感，並跟隨那份情感行事……

是因為我沒有什麼可以失去的。

是因為我還年輕——

『常有人說成為英雄的條件是孤獨，那是當然的。人只要有家人就當不了英雄。比起大眾，以家人為優先的人沒資格當英雄；然而相反的，不顧家人的人也同樣沒資格當英雄。無論如何，有家人的人終究都成不了英雄。』

「…………」

『看樣子，和身無長物，能夠自由行動，不必顧慮誰的十年前相比，妳變了不少呢，歌枕。現在的妳——有美羽這個家人，有這十年間建立起來的家庭，有日常的生活，也許還有和居住地、附近鄰居之間的情誼。就連工作方面，立場和責任也都和身為新人的十年前截然不同。恐怕是那樣的環境，是眾多失去了會感到困擾的東西——讓妳說出了「常識」這樣的話吧。畢竟「常識」是大人最喜歡的詞之一。』

狼森小姐說道：

『歌枕，歡迎妳來到窮極無聊的大人世界。』

那句諷刺的話，宛如針般狠狠地刺在我身上。

講完電話後，正當我失神地坐在椅子上時，客廳的門打開了。

「媽媽，妳講完電話了嗎？」

「啊……嗯。阿巧呢？」

「他已經回去了啦。因為妳正在講電話，他沒打招呼就走了。」

望向時鐘，時間已經超過晚上九點。

我好像不小心講了很久的電話。

「媽媽，我問妳。」

我闔上開啟的筆電，正在收拾時，美羽在我的正對面坐下。

她雙眼直盯著我，以嚴肅的口吻開口：

「巧哥的事情妳究竟打算怎麼辦？」

「什麼怎麼辦……不怎麼辦啊。我已經說過好幾次，我和他是不可能交往的……」

「我不是說那個。」

美羽搔搔頭，深深地吐了一口氣。

接著以聽來既焦躁又厭煩的語氣這麼說：

「媽媽，妳自從被巧哥告白之後——就一直在逃避吧？」

「咦……」

「什麼『以常識來思考不可能』、『對左澤家很抱歉』之類的，妳老是說那種在意社會觀感的話。不僅如此，妳還開始進行『展現醜態，讓對方討厭自己』這種奇怪的作戰，一直不停地在逃避。」

「我、我哪有逃避……」

「妳就是在逃避。」

冷淡的視線直視著我。

我不由自主地想要移開視線——卻無法轉移目光。那雙伴隨著平靜怒氣的瞳眸不允許我逃避。

「什麼常識、什麼社會觀感，妳就只會拿那種表面話出來搪塞，不停地逃避現實。媽媽——妳一次都沒有說出自己的感受。」

「——！」

被她這麼一說，我赫然驚覺。

我不是在有自覺的情況下那麼做。

但是，我確實無意識地——做出了一堆逃避的行為。

打從想要當作沒有告白這回事時開始，我就一直在重複相同的事情。

利用常識這個方便的藉口隱藏真實心聲，拒絕和對方面對面溝通，最後還做出「讓他看見我難堪的模樣，然後幻滅」這種希望對方主動離去的卑鄙行為。

即使被說是在逃避，我也無話可說。

沒錯。

我什麼都還沒說。

還沒有做出任何回答。

我——一直在逃避。

一直、一直在逃避阿巧的告白——

「媽媽，不要再逃避了，說出妳內心真實的想法吧。」

美羽用譴責的眼神瞪著我。

「不管是常識、社會觀感，還是……我，去除那些麻煩的表面話——媽媽，妳對巧哥這個男人是怎麼想的？」

「…………」

我啞口無言。

美羽的譴責和狼森小姐的諷刺在我腦中繞來繞去，不停擾亂我的思緒。

思緒紊亂無比——儘管如此，我仍拚命思考。

我知道自己非想不可。

不能逃避——必須思考。

必須好好地面對阿巧的告白，以及自己的內心。

然後——

「……喜歡喔。」

我說出來了。

「我當然喜歡他啦。我一直都非常喜歡阿巧喔。因為我很清楚他是個誠懇又善良的人……甚至連他的外表都算是我喜歡的類型。我覺得能夠和阿巧交往的人真的非常幸福。能夠被那麼棒的男生直接表達好感，我感到非常開心。」

「…………」

美羽瞬間挑了挑單邊眉毛。

眼看她就要開口。

「但是——」

我搶在她出聲之前繼續說下去：

「我果然還是……無法把阿巧當成男人看待。」

到頭來，這就是答案，也是真心話。

是我毫無虛假的真實想法。

「我好喜歡、好喜歡阿巧……但是這份心情，要怎麼說呢……是母親對兒子的那種喜歡。我無論如何都沒辦法把阿巧當成戀愛對象。」

從很久以前開始——從阿巧十歲左右起，我就一直看著他長大。

即使從長大後的他身上感受到男人味——我依舊無法將他視為異性。要我把他看作是那種對象，內心無論如何都會產生抗拒。

「美羽，其實我……一直都希望妳能夠和阿巧在一起，覺得你們是很相配的一對情侶。當然，那只是我身為母親的任性願望罷了——可是說到底，在我有那種想法的當下，阿巧在我眼中就已經不是個男人，而是兒子一般的存在了。」

「…………」

「再說，美羽……真心話和表面話其實並沒有那麼單純喔。」

事情本來就是這麼簡單啊，狼森小姐曾經這麼說。

可是，我辦不到。

我無論如何就是沒辦法想得那麼簡單——

「美羽，妳剛才要我去除所有麻煩的表面話，說出真心話對吧？——然而那是不可能做到的，因為真心話和表面話沒辦法分得那麼清楚。」

去除表面話後就只剩下真心話——假使構造那麼單純，那該有多簡單、多幸福啊。

表面話——並非只是將真心話包覆隱藏起來。

如果是小孩子。

事情或許就會單純許多。

或許能像剝掉包覆果肉的外皮一樣，輕易地把表面話剝下來。

可是——變成大人之後就不行了。

果實會愈來愈成熟——外皮和果肉、真心話和表面話會黏稠地融合在一起。

試圖隱藏真心話的表面話裡，時時都滲入了真心話。

而最最重要的真心話本身，也會和表面話合為一體。

「美羽，我已經是……年過三十的大嬸了，沒辦法光憑感性和衝動談戀愛。我無論如何都會想到現在的生活和今後的生活，無法不設防地用最真實的樣貌，面對他人毫不掩飾的好感。」

不管怎樣都會考慮到風險問題。

躍入眼簾的盡是風險。

現在在這個家、這個地區，和住在隔壁、小我十歲的少年交往的風險。

假使我們的關係曝光，屆時不曉得世人會以何種眼光看待我們。

如果只有我也就罷了。

但是，假使連美羽都遭人投以異樣的眼光——

「——！」

說到底，這或許就是狼森小姐所說的「窮極無聊的大人」的想法吧。

將風險和好處放在天秤的兩端時，便只會考慮風險；比起抓住某個新事物，更害怕失去現有的東西，這就是謹慎、膽小又保守，老是害怕跌倒的大人的思考方式。

但是——這樣就好。

因為我已經為人母了。

不可能還跟孩子一樣。

我早在十年前，就已經做好成為大人的心理準備。

「所以說……妳無法跟巧哥交往是嗎？」

沉默片刻後，美羽說道。

她的語氣聽來既錯愕，又像是已經死心。

「……是啊，沒錯。」

「…………」

美羽閉上眼睛，深深地嘆息，臉上流露出既生氣又悲傷，一言難盡的複雜情緒。

可是——

短暫沉默後吐出來的那句話，令我的心跳倏地停止。

「——她這麼說喔，巧哥！」

突然間……

美羽大喊。

朝著走廊的方向。

幾秒後，客廳的門緩緩開啟。

出現在門後的是——

「阿、阿巧……！」

踩著猶豫的步伐進到客廳的人，是阿巧。他滿臉歉意地低著頭，眼中流露悲痛的神情。

「怎麼會？為什麼……？你不是已經回去了……」

「……對不起。」

「巧哥沒有錯，是我勉強拜託他的。」

美羽淡淡地打斷道歉的阿巧。

「我說我想套出媽媽的真心話，要他假裝已經回去。」

「……妳、妳為什麼要這麼做？」

「因為——巧哥實在太可憐了。」

那是極度冷酷的語氣。

「他竭盡勇氣告白，好不容易表達出長年單戀的心意……媽媽妳卻只是用曖昧不明的態度回應他。」

「我……」

「也許妳只是不想傷害任何人，想要讓事情圓滿收場——或許這正是妳的善良之處……但那樣還是太狡猾了。」

「…………」

我什麼話也說不出口，完全無可辯駁。「狡猾」，女兒說出的這兩個字狠狠地刺入我內心深處。

「綾子小姐……」

不久，阿巧開口：

「我……真的很對不起。」

最先從他口中吐出的，是深深的歉意。

「都怪我向妳告白……害妳感到困擾……最後甚至還給美羽添了麻煩……因為我個人自私的行為，破壞了至今的關係……我真的覺得很抱歉。不過，那個……謝、謝謝妳。」

接著是感謝的話。

「謝謝妳……願意認真思考我的事情。雖然是偷聽，不過能夠聽見綾子小姐的真心話……我感到很開心。儘管不是自己所希望的回答，我還是很慶幸能夠得到答案。啊哈哈。」

然後阿巧他——笑了。

不帶感情的虛假笑容。

一眼就能看出是硬擠出來的假笑。

那抹笑容悲慘得讓我看了一陣心痛。

「啊哈哈……不、不過，其實我打從一開始就知道不可能，應該說根本就不抱希望。畢竟像我這樣的小鬼，哪配得上綾子小姐如此優秀的女性呢？」

阿巧以爽朗的語氣，爽朗到不自然的語氣接著說：

「就算被說無法把我當成男人看待……我也無話可說。這也難怪，畢竟妳至今一直都是那樣看待我的嘛。看在綾子小姐眼裡，大概就像是被兒子告白了吧？那樣肯定會感到噁心的。我真的……很噁心耶……綾子小姐只是因為我住隔壁才對我那麼好——只是因為我是小孩子才對我那麼溫柔，我卻一直單方面把妳當成女人看待……實在是有夠噁心的……」

開朗到不真實的聲音漸漸發起抖來。

「……啊、啊哈哈。綾子小姐，請妳全部忘了吧，把這幾天的事情全部當作沒發生過……還是像往常……像往常……」

終於再也發不出聲音。

阿巧——哭了。

自眼眶滑落的淚水，在勉強堆起的笑容上流淌。

或許是注意到這一點，他以單手掩面後，只留下一句「對不起」，便離開客廳。

「等、等一下！阿巧等——」

「媽媽！」

一道僵硬冰冷的聲音，制止了反射性想要追上去的我。

「妳追上去要做什麼？」

「我、我……」

做什麼？

我究竟——打算做什麼？

追上去，向他道歉、安慰他……然後呢？

依偎在深受傷害的他身旁，和他一起哭泣……然後呢？

事情會變成如何？

會因此得到安慰的人——無疑只有我。

只會讓傷他如此之深的我產生「我已經做了自己所能做的事」這樣的自我滿

足感，藉此稍微正當化自己的行為——

「妳那樣太狡猾了，媽媽。」

美羽這麼說。

像是在責怪我一樣。

我無言以對。「狡猾」，我也深深地這麼覺得。我總是在無意識間，做出連自己都感到厭惡的狡猾行為。

我雙腿一軟，跪在客廳地板上。

淚水幾乎就要奪眶而出，但是我拚命忍住。

因為我明白，自己不會被允許裝成受害者的模樣流淚。

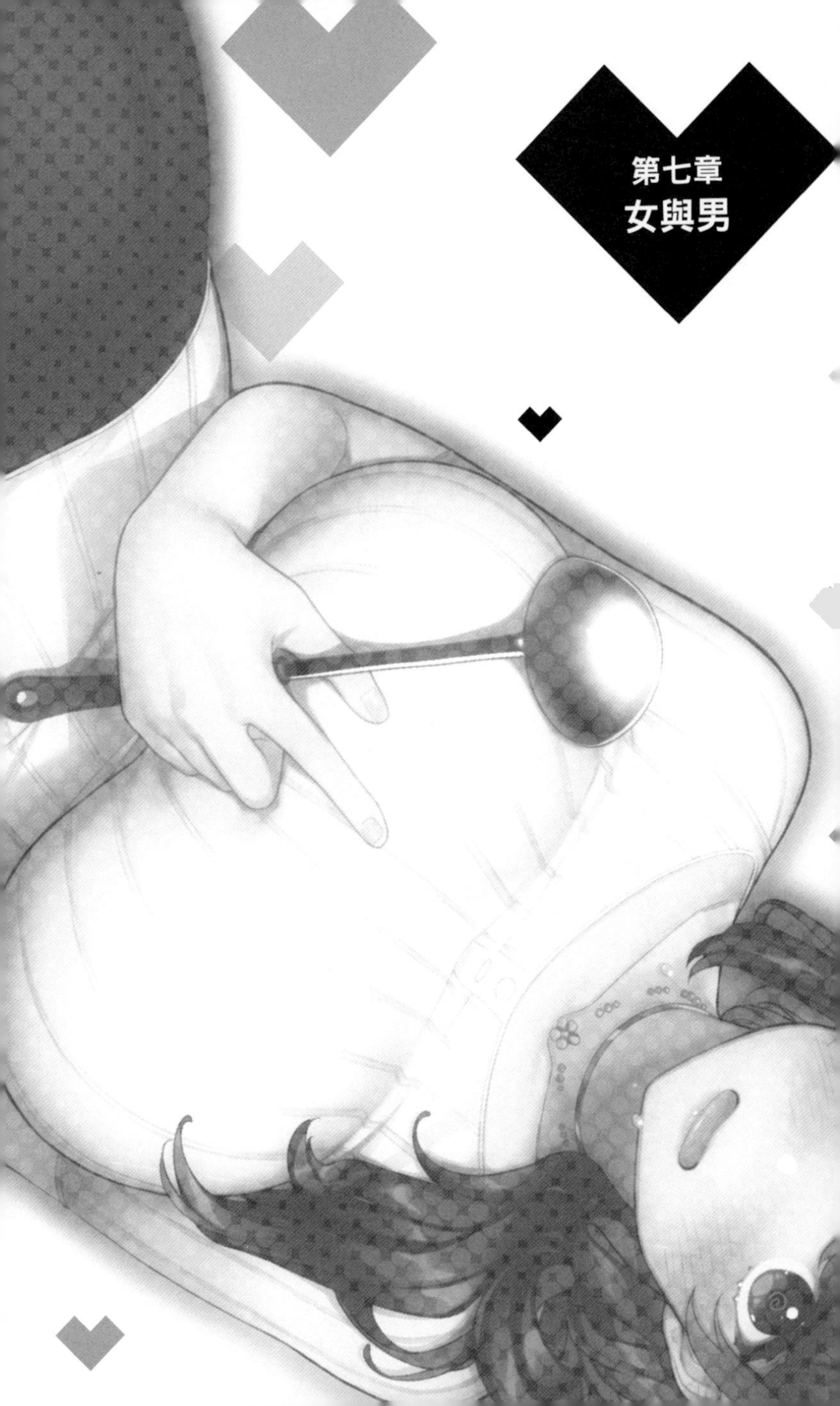
第七章
女與男

♥

——妳不是一個人喔。

——綾子媽媽還有我喔。

——無論是遇到討厭的事情，還是難過的事情，我都會保護綾子媽媽。

——所以……所以綾子媽媽，請妳……不要再哭了。

我夢見了以前的事。

那是大約十年前。

我和還小的阿巧一起洗澡時的事情——

「還有我……啊。」

在床上醒來的我反覆追憶夢境的內容，恍恍惚惚地回想沉睡在記憶深處的過去。

啊啊——

沒有錯。

當時年紀還小，說話態度總是拘謹有禮的阿巧，確實曾經對工作育兒兩頭燒的我說過那種話。

直到剛才為止，我完全遺忘了如此重要的事情。

「……我當時很高興呢。」

真的非常開心。

有種被救贖的感覺。

有種辛苦有了回報的感覺。

即使那單純只是出於體貼，或是孩子特有的不負責任發言，也夠讓我開心了。

一個才剛滿十歲的孩子，溫柔地暖和了我被逼入絕境的心。

可是——

看來對阿巧而言，那並非只是一時的體貼、安慰，以及不負責任的發言。

他從那天起便一直遵循著當時的話而活。

這十年來，阿巧始終陪在我身旁。

每當我遇到困難，他總是對我伸出援手。

雖然我誤以為他的那些行為是出於對美羽的好感——但其實那全都是基於對我的心意。

純粹無瑕的純愛之心。

直到年滿二十歲的今日，他依舊持續著那份孩子般無瑕的愛情。

但是我——無法接受他的那份心意。

早就成為大人，在大人的世界裡活了太久的我，沒辦法正面面對如此純真無瑕的愛意。

「……我得起床了。」

拖著依舊昏沉的腦袋，我下了床。

下床之後，新的一天又將展開。

人生尚未結束。

仍會持續下去。

因為人是在成為大人之後，才真正要展開漫長的旅程。

自從我（間接）甩掉阿巧之後，已經過了好幾天。

從那天起，我就再也沒有見到他。

他早上不再來接美羽，我也透過美羽取消了原本請他來當家教的時段。

當然，既然是鄰居，我們不可能永遠都碰不到面。

但我現在實在不曉得該用什麼表情去見他——

「媽媽……真是的，妳又睡過頭了？」

踩著沉重步伐走下樓梯後，美羽從客廳探出頭來。她已經換上制服，一副隨時都能出門上學的樣子。

「……早。」

「早什麼早啊。唉……算了，我已經做好早餐了啦。」

進到客廳，餐桌上已經擺滿了早餐。白飯、味噌湯、火腿蛋，還有盒裝納

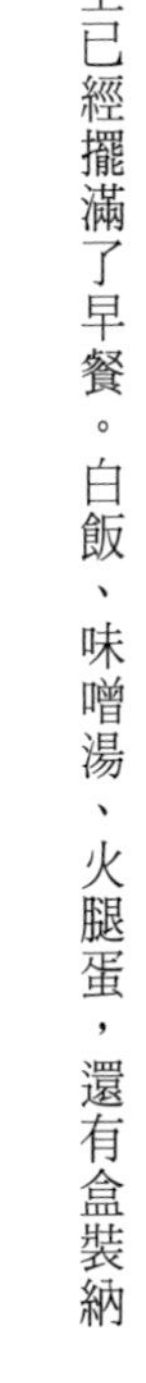

豆。真是相當正統的早餐菜色。

雖然美羽平時總是嫌麻煩，把家事都扔給我做。不過只要她有心，做起一般家事倒也不成問題。

這三天來，每天早上都是美羽做早餐。

「唉～都怪媽媽太懶散，害我變得愈來愈會下廚了。今天因為時間比較多，我還自己做了便當呢。」

「……這樣啊，好厲害喔。」

我心不在焉地回應一邊攪拌納豆，一邊誇耀般嘆氣說道的美羽。

這幾天，我每天都過著晚上睡不著、早上起不來的不正常生活。無論我做什麼，阿巧的臉都會浮現在我腦海中，每當回想起來就會感到一陣揪心。

他那悲痛的表情、眼淚，遲遲不肯從我腦中消失——

「真是的……媽媽，妳是不是搞錯什麼了？怎麼會是妳沮喪呢？都已經是大人了，拜託妳振作一點啦。」

「妳、妳很囉唆耶……」

「麻煩妳也替一早就被迫見到妳那副鬱悶表情的我想想好嗎？」

「……美羽，妳為什麼要對媽媽這麼嚴厲？」

「因為我是站在巧哥那一邊的啊。我想要聲援巧哥的純愛，希望巧哥當我的爸爸嘛～」

用開玩笑的口氣說完後，美羽把納豆淋在飯上。

「不過也罷，就算我想聲援也沒用了。」

一面這麼說。

她一派輕鬆地說出令人不可置信的話——

「因為巧哥好像交到女朋友了。」

「……咦？」

我不由得鬆開手裡的筷子。

腦袋頓時停止思考，無法理解話中的意思。

「咦……咦？妳、妳剛才說什麼……」

「我說，他交女朋友了。」

「…………」

我還是不懂這是什麼意思。

腦袋不願意去理解話中的含意。

「……咦咦？騙、騙人的吧……？因為阿巧他……」

「被媽媽甩了之後，他就和其他女人交往了啦。」

和腦筋一團混亂的我形成對比，美羽看似若無其事地接著說。

沒有停下用餐的手，她語氣淡然地說——

「畢竟有句話說，治療失戀之痛最好的解藥就是新戀情嘛。況且巧哥從高中時代就相當受歡迎……現在又是就讀知名大學的績優股，周圍的人當然不會放過他啦。」

「…………」

「他過去因為只專情於媽媽一人，從沒跟別人交往過。不過他現在已經不用再受媽媽的束縛了，快樂無比的大學生活從現在才要開始。說真的，就某方面而言，巧哥被媽媽甩掉或許才是幸福的，因為他終於能夠從兒時的夢中清醒，和年輕漂亮的女孩子交往了。」

「…………」

「啊！對了，他說今天要去約會喔。他好像因為今天下午學校沒課，打算到車站前晃晃，然後去看電影呢。好羨慕大學生喔，連週間平日都有那麼多時間。」

「…………」

「我吃飽了。那我出門啦～」

獨自迅速吃完早餐後，美羽便出門上學。

我則是愣愣地發著呆，完全無心用餐。

那天下午——我搭乘公車前往車站。

這個嘛，純屬偶然。

我只是碰巧有事要去車站那邊而已。

然後，我前往車站附近頂樓有電影院的大樓，進入一樓的咖啡廳。

嗯，這也是偶然。

我只是剛好想來這間咖啡廳罷了。儘管店內有很多空位，我卻特地選了能夠清楚看見大樓出入口的位子，真的也是純屬偶然，沒有任何意圖。

我會穿上春季大衣，戴著大大的墨鏡和口罩來掩飾真面目，也全都是偶然。

呃，沒錯，只是為了預防紫外線——

「……唉。」

算了，還是別說了。

替自己找藉口，也只會讓人感到空虛而已。

結果……我還是因為在意而來了。

聽了美羽的話之後，我在意得不得了。

阿巧交到的女朋友是什麼樣的人——

啊～真受不了。

我到底在做什麼啊……

我明明就是甩人的那一方——我明明就是傷人的那一方。

我根本沒有資格做這種事情——

……不對，我想任何人應該都沒有資格偷看別人約會才對。

就這樣。

正當我悶悶不樂地思索時——

「——！」

來了。

是阿巧。他真的來了！

他從大樓的出入口走進來。我急忙用手上的雜誌遮住臉，然後透過墨鏡悄悄窺視他的行動。

他——不是一個人。

旁邊有個女孩子。

那個女孩嬌小苗條，長得十分可愛，頭髮有著柔和的捲度，嘴唇則塗了亮色的口紅，裙子相當短，露出底下一雙纖纖美腿。

整體裝扮洋溢著青春氣息。然後，她對阿巧露出了天真爛漫的開朗笑容。

兩人從我面前走過。

感情融洽地並肩而行，感覺非常開心。

看起來就像一對相配的年輕情侶。

「…………」

我頓時有些失神，有種心一下子冷掉的感覺。

原來是真的。

本來還以為有可能是美羽說謊捉弄我，結果看來似乎是真的。

阿巧真的有女朋友了。

他正在和新交到的女朋友，開開心心地約會——

「……！」

經過短暫的徹底冷卻後，緊接著，我的心開始異常發燙。

什麼嘛！

那女人是什麼跟什麼嘛！

長得漂亮又時髦，腿也好細……真、真教人火大！

阿巧也真是的！

居然跟那種女人卿卿我我！

話說……她和我的類型完全不一樣耶？就算要交女朋友……也不該和那種年輕苗條，和我完全相反的女孩子交往吧？

他果然還是比較喜歡年輕漂亮的女生！

比起我這種大嬸，他其實根本比較喜歡同年代的年輕女孩吧！

儘管……

心中自私又任性地燃起熊熊怒火——然而那份怒氣也只湧現了一瞬間，自我厭惡的心理隨即讓我的心冷卻下來。

啊啊——

我到底在氣什麼啊？

我明明沒資格生這種氣。

一顆心亂到不敢置信的地步，連我也不明白自己究竟在想什麼。

儘管如此——回過神時，我已經衝出咖啡店，跟在兩人身後。

因為是平日，頂樓的電影院人潮不多。

人不多就很難接近。於是我躲在商品販賣店的暗處，繼續偷偷觀察兩人。

買好電影票後，兩人在小吃部買了飲料。

他們似乎買了不同的飲料。大概是為了確認各自的味道吧，兩人交換喝了一下——交換喝？

咦、咦咦咦？

那樣……不就等於間接接吻嗎！

好吧，畢竟他們也不是國中生了，或許沒必要為了間接接吻這種事情大驚小怪……可、可是他們也才交往三天，這樣不會太快了嗎？

況且即使要間接接吻，一般來說應該也會更緊張一點吧？

他們的舉止卻像是兩名男性友人一般自然——

「……啊！」

太大意了。

為了間接接吻心生動搖的我，不小心忘了要躲起來，整個人都探了出去。

和那位女朋友——對上了眼。

訝異地注視我一會後，她在阿巧耳邊竊竊私語。

結果他朝我望過來——瞪大雙眼。

然後快步跑向我。

我甚至沒辦法逃跑，只能僵立原地。

「請問……妳是綾子小姐對吧？」

「……你、你認錯人了喔。」

「…………」

「…………對、對不起。是我沒錯。」

結果沒能敷衍過去。不過這也難怪，畢竟我雖然有變裝，卻也只是穿了大衣又戴上墨鏡，只要靠近一點就會被拆穿。

放棄掙扎的我摘掉墨鏡。

頓時清晰的視野中出現阿巧驚訝的臉孔。

「妳在這種地方做什麼啊……」

「呃，那、那個……我、我只是碰巧想來看場電影。」

「……穿成這副模樣？」

「有、有什麼關係！今天紫外線比較強嘛！先、先不管那個了，我才想問你在這裡做什麼？」

過於慌亂和焦躁的情緒促使我趕緊轉移話題。

「做什麼……當然是來看電影啊。」

「這、這我知道……但你這樣似乎不太好吧。這種學校沒課的日子，明明是和其他人拉開差距的好機會。」

「……？」

「我、我明白你很高興交到女朋友……然而你畢竟還是學生，放假的時候更應該要勤勉讀書不是嗎？」

「女朋友……？咦？」

「不、不過這件事情與我無關啦！無論阿巧你跟誰交往，都和我一點關係也沒有！但、但是……只不過，果然還是……」

我反覆說著連自己也知道是顛三倒四的話。

阿巧臉上露出困惑的表情——就在此時。

女朋友走過來了。

她輪流看了看我和阿巧的臉後——開口說：

「看來妳果然是傳說中的綾子小姐呢。」

那瞬間——

我本來就有些混亂的腦袋又更加混亂了。

並非因為——她所說的話。

而是她的聲音、音質令我大為吃驚。

「我從剛才就莫名感覺到一股視線……結果不經意回過頭，便見到一個明顯可疑的女人往我們這邊看。我當下猜想有可能是妳，結果果然沒錯。」

儘管感覺好像被人若無其事地說了「明顯可疑的女人」這種過分的話，但我完全沒空在意那種事情。

聲音。

她所發出來的聲音——好低沉。

是不像女性會發出的低沉男性說話聲。

「幸會，綾子小姐，我時常聽巧提起妳。」

無視腦袋一片空白的我，她笑盈盈地對我說。

不對。

不是——她。

「我叫梨鄉聽也，是跟巧就讀同一所大學的朋友。」

站在我面前，打扮可愛的少女，以男性化的低沉聲音、男性化的口氣說話，還自報「聽也」這個男性化的名字。

「咦……奇怪？男、男孩子……？」

「是的，我是男的。」

從容地點頭後，他俯視自己的服裝，露出恍然大悟的表情。

「對喔，我今天是這種打扮。啊哈哈，因為和巧在一起，我還以自己人在學校裡，完全忘得一乾二淨。不好意思，讓妳誤會了。」

「…………」

「難不成妳以為我是巧的女朋友？」

「……唔，嗯。」

雖然她——不對，是聰也以打趣的口吻這麼詢問，接二連三令人錯愕的事情發展卻讓我的腦袋徹底停止運轉，甚至忘了要打馬虎眼，就這麼老實地點了頭。

「咦？妳真的以為我是他女友？」

「啊！不、不是的！不是那樣……」

我連忙隨口搪塞。然而為時已晚。

聰也神情凝重地陷入沉思。

「……巧，你說你被綾子小姐甩了對吧？」

「是、是啊。」

「這樣啊……巧被甩了。那位綾子小姐如今卻以一副『正在跟蹤』的裝扮跟在我們後頭，還誤會我是巧的女朋友……」

他嘀嘀咕咕地沉思片刻後——

「唔嗯。照這個情況來看……我是不是應該識相地去別的地方比較好？」

聰也這麼說。

「……可能吧。」

「ＯＫ～那我先進去找位子，你等結束後再來。但你就算不來也無所謂啦。」

看似了然地說完後，聰也從阿巧手中接過飲料，逕自走開，以半根腿毛也沒有的美腿踏著優雅的步伐，颯爽離去。

被留下來的我們則是姑且移動到無人的走道角落。

「他……是你的朋友嗎？」

「……是啊。他是我上大學後認識的朋友，我們經常一起行動。」

「明明長得那麼漂亮……原來是男孩子啊。」

「他平常在學校外面都會男扮女裝走在路上。啊，但他並不認為那是男扮女裝。『我不是扮女裝，我只是挑選適合自己的服裝穿上而已』，他本人似乎是這麼表示的。」

「是、是喔……」

該怎麼說呢？現在這個時代……

大嬸我實在有點跟不上。

無論如何——

我誤以為是「女朋友」的對象，似乎只是普通朋友。

也難怪他們兩人的距離感會如此親近——感覺像是兩名男性友人了。

因為……實際上的確是如此。

「今天是他約我來看電影的。因為……他說要出來痛快地玩一場，讓我忘記失戀的事情。」

「…………」

「但是綾子小姐為什麼要跟在我們後面呢？而且還誤會聰也是我女朋

友……？」

「那是因為……」

「該不會——是美羽跟妳說了什麼吧？」

阿巧對支支吾吾的我這麼問。

「你、你怎麼會知道？」

「……因為我曾告訴她今天要和聽也來看電影……當時她聽完之後，立刻詳細問了地點和時間。況且美羽也早就知道聽也會做那種打扮了。」

「意、意思是——我被美羽騙了？」

對著大為吃驚的我，阿巧說著「……恐怕是」點頭回應。

唔、唔唔～～美羽這孩子……為、為什麼要撒這種謊……？

「這麼說來，綾子小姐……妳是因為聽美羽說了一堆有的沒的，誤會我新交了女朋友，心裡很在意，才會來這裡一探究竟嗎？」

「呃，我……」

我不知該作何反應。儘管事情完全如他所言，但我實在不敢承認。

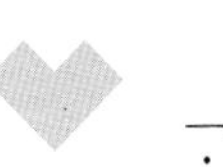

因為要是承認了……

不就像是我對阿巧在意得不得了嗎——

「感覺……有點受到打擊呢。」

「對、對不起！做出跟蹤這種失禮的行為……」

「啊，不是的，我不是那個意思。」

他帶著些許苦笑說：

「我不在意跟蹤的事情。真正令我受到打擊的是……雖說是被美羽騙了，妳卻以為我交了女友這件事。」

「咦……」

「我怎麼可能那麼輕易就放下呢？怎麼可能因為被甩了，就馬上去找新的女人呢？我可是十年來一直都單戀妳耶。其實就連現在也——」

話語中漸漸充滿熱度。才見他激動得要探出身子，隨即又連忙退了回去。

「……對不起。聽到我說這種話，妳一定感到很困擾吧？」

「……」

「啊哈哈，我這種不乾不脆的男人很噁心吧？那個……沒、沒問題的。雖然沒辦法馬上放下，不過我會努力——停止喜歡妳的。」

阿巧帶著勉強堆起的笑容說道。

說他會停止。

停止喜歡我，停止對我付出感情——

「今後還請妳繼續以鄰居身分多多指教。另外，當美羽的家教這件事……假使綾子小姐妳不介意，我希望可以繼續下去。」

阿巧端正姿勢，以誠懇的口吻對我說。

可是不知為何，我總覺得好有距離感。

彷彿我倆之間劃了一條線——彷彿拚命地想要跟我劃清界線一般，如此客套。

「還有……我不會因為今天的跟蹤就誤以為『綾子小姐嫉妒了』，請妳放心。」

「咦……」

「我知道啦，妳只是因為擔心我被甩之後會自暴自棄，隨隨便便迷上別的女人對吧？只是因為感受到責任，才來看看情況的吧？」

「…………」

「妳放心，我不會誤會的。」

帶著落寞的笑容，簡直像是在說服自己似的說完後，阿巧說了句「聰也在等我，我先走了」，背對我邁開腳步。

他漸漸離我而去。

劃了一條線，想要和我保持距離。

明白這一點的瞬間，我的心便像是被勒住一般發疼，腦袋一片空白——

「等——等等。」

回過神時。

我已經叫住他。

有些強硬地抓住他的上衣衣襬。

「……不、不要。」

對著滿臉訝異地回頭的他，我這麼說。

腦袋已經完全停止思考，嘴巴卻擅自動起來。不經大腦的話衝動地從心底深處湧上，隨即就這樣脫口而出。

「不要……停止喜歡我。」

什麼啊？

我到底在說什麼？

可是，停不下來。

我就是無法停止言語。

「是……嫉妒。我想，應該是……嫉妒。」

原本應該非常露骨的話，卻以曖昧不明的方式呈現。

因為——沒辦法啊。

連我也不曉得現在的自己在想什麼。

「……當美羽告訴我阿巧交到女友時，我好訝異、好震驚、好沮喪，整個人坐立不安……甚至還像這樣跟蹤你。我想……我應該是嫉妒了。我真的非常、非

常不希望阿巧和別人交往。」

「…………」

「很奇怪對吧？很詭異對吧？……我明明那麼篤定地說自己『無法跟你交往』……卻完全控制不了自己的情緒……」

話不停地從口中溢出。我就像剛學會說話的孩子一樣，想到什麼就說什麼。

「……之前，我在我家客廳對美羽說的那些話並非謊言。在我眼中，阿巧是住在隔壁的孩子，是像兒子一般的存在……所以我無法把你當成男人看待。」

「…………」

「本來應該是——無法的。」

我接著說：

「可是自從阿巧你向我告白——說你喜歡我之後，我滿腦子想的都是你……無論睡覺還是清醒時，全都只想著你一人。我的思緒始終一團混亂……」

像兒子一樣的存在。

這樣的表現並非虛假。

本來應該是——如此的。

「我想我可能……其實已經將你視為男人了。」

我說出來了。

說出跨越那條線的話。

和過去一直撇頭不看的自己內心——面對面。

——綾子小姐，我一直都很喜歡妳。

從阿巧向我告白那天起——

他在我心中所占的分量，就漸漸大到令人不敢相信的地步。

我逃離了一直希望他成為女兒男友的少年，向我表達出的那份坦率真摯的情感——那份過於眩目的情感。

曖昧不清地搪塞，試圖當作什麼事都沒發生過。

可是——已經不行了。

我無論如何都無法再繼續敷衍下去——

「呃……所以說，雖然我把你當成男人看待，但覺得你就像我兒子的感覺

也是千真萬確……儘管一想到你和其他女人在一起就火冒三丈，然而那究竟是嫉妒，還是類似母親過度干涉兒子的心情，就連我自己也不是很清楚。所以……」

「……簡而言之……」

對著話語和情緒遲滯，語無倫次的我。

阿巧以認真的表情，以及懷著某種期待的眼神這麼說：

「妳願意稍微把我視為男人了，是嗎？」

「……嗯、嗯。」

「卻仍舊無法不把我當『兒子』一樣看待。」

「好、好像是……」

「所以妳無法跟我交往。」

「……嗯。總覺得一切發生得太突然了，我完全沒辦法整頓心情……」

「然而妳卻不希望我交別的女朋友。」

「呃……」

「不想和我交往，卻又希望我不要停止喜歡妳，希望我繼續喜歡妳。」

「…………」

奇、奇怪？

重新想想……我好像說了非常糟糕的話？

說了超級本位主義、超級麻煩的話？

「……噗！哈哈！哈哈哈！」

阿巧噗嗤笑了出來。

張大嘴巴，放聲大笑。

「哈哈！呵呵……綾子小姐，不管怎麼說，妳這樣未免太過分了吧？再怎麼任性也該有個限度啊。」

「……唔唔。」

無可反駁。過分，太過分了。明明已經是年過三十的大嬸，卻像個愛上談戀愛的國中生——不對，總覺得我說的話麻煩到連國中生都不會說……！

對著陷入強烈自我厭惡情緒的我——

「好啊。」

阿巧說道。

「咦……」

「我都會照綾子小姐所說的去做，不會交其他女朋友，也不會——停止喜歡妳。」

「咦？呃……可、可以嗎？」

連我都知道自己所說的話既離譜又差勁。

「這大概就是人家說的被愛沖昏頭吧。我除了聽話外別無選擇。」

「況且——」阿巧接著說。

一面用手掩住帶笑的嘴角。

「這話說起來也許奇怪……不過我現在非常開心。」

「開、開心？」

年過三十的女人說出麻煩到極點的話，這到底有什麼好值得開心的？

「一想到我還可以繼續喜歡綾子小姐，我就……開心得不得了。」

「……！」

好驚人的台詞。

彷彿將我的心一把揪住的驚人台詞。

朝著內心動盪不已的我——阿巧稍微靠了過來。

「那個……要怎麼說，我可以想成妳我之間稍微有進一步發展的可能性嗎？」

「唔、唔耶耶？呃，那個……這、這個嘛，也許吧。如果只有一點點，或許是有那種可能。不、不過真的就只有一點點喔！」

「我知道了。」

阿巧笑答。

彷彿方才那副落寞的勉強笑容不存在一般，他打從內心開心地笑了。相形之下，我則是感到既難為情又彆扭，不知該如何是好。

「呃，那個……雖然說有可能，但、但也不是馬上就會怎麼樣喔！我想要再多花一點時間慢慢思考……」

「我明白，我之前確實有點太急躁了。我們就稍微慢慢來吧。」

我明明說了如此可恥的話，阿巧卻對我露出溫暖的笑容，臉上沒有半點厭煩的神情。

「反正我都已經等了十年，再等一下也沒關係。」

「阿巧……」

「呃，那麼……我們就先暫時維持現狀。」

阿巧略顯羞澀地這麼說，一邊朝我伸出手。

「還請繼續多多指教了。」

懷著些許緊張的心情，我回應他伸出的手。

「……我、我知道了。我們握手言和吧！」

透過手掌感覺到的他的手——好大。

大而骨感，和小時候握過的感覺截然不同。

他用充滿男人味的手，用力卻又溫柔地包覆住我的手。

「我會繼續努力。」

阿巧說。

「努力讓綾子小姐喜歡上我。」

「……還、還請手下留情。」

面對如此坦率又熱情的告白，我只能低下頭來。

愛
與
戀
的夾縫之間

終章

單親媽媽的早晨開始得很早。

必須每天一大早揉著惺忪睡眼起床，幫就讀高中的女兒做便當。

雖然……我最近很廢就是了。

不過，今天我久違地成功早起了。

好好地睡了一覺，神清氣爽地迎接早晨。

就在我把煮好的早餐擺上餐桌時——

「哇！糟了、糟了！完全睡慘了！」

女兒美羽吵鬧地發出咚咚咚的聲響，從二樓跑下來。

「睡慘」這個動詞是女兒自己造的新詞？還是最近年輕人的用語？我果然還是搞不懂。

不懂。

真的有太多事情不懂了。

不管是女兒的成長、鄰居男孩的心意。

還是——我自己的真實心聲。

即使成為大人，人生依舊有好多讓人不明白的事情——

「慘了、慘了……都是因為最近媽媽很廢，害我非得自己早起不可——咦，奇怪？媽媽……？」

「抱歉喔，我就是那麼廢。」

我對見到我後頓時愣住的美羽說。

「早安，美羽。」

「早、早安。」

「好了，快點吃吧，不然飯菜要涼了。」

「……啊哈哈。什麼嘛，原來媽媽已經恢復原樣了。」

美羽苦笑著坐到餐桌旁。

我也在泡好咖啡後，在她對面坐下。

「不過，其實妳可以再維持廢人模式一下啊。這麼一來，我的家事技能搞不好又會更升級了。」

「我平時就可以把家事交給妳做喔。」

「不不不，那是兩回事。」

「妳這孩子真是……」

「不過話說回來——媽媽妳也真單純耶。」

美羽定睛望著我，傻眼地這麼說。

「居然一跟巧哥和好，馬上就恢復精神了。」

「妳、妳很囉唆耶……」

「你們能夠和好都是多虧我善意的謊言，妳可得好好感謝我才行。」

「……對啦，一切多虧有妳。」

我帶著僵硬的笑容回應。雖然我說這句話是想挖苦她，不過大概只會讓人覺得我不服輸吧。

「啊啊～不過說真的，我家的母親大人還真是沒出息又麻煩耶。居然引發了那麼大的騷動，最後卻抱著『先從朋友開始做起』的心態延後做出結論……又不是國中生。」

「……啊啊～吵死了、吵死了。」

不要老是說得那麼中肯嘛，真是的……

過於優柔寡斷又沒出息，還像個愛上談戀愛的國中生一樣說些麻煩的話，我對自己的那些毛病再清楚不過了……

之後——大概是吃完早餐的時候。

家裡的門鈴響了。

我和女兒一起前往玄關應門——出現在那裡的人是他。

阿巧。

左澤巧。

住在隔壁的男孩——不對。

他已經不是小男孩了。

我已經無法把他當成小男孩看待。

而是一個堂堂的——

「早啊，巧哥。」

「早安，美羽。」

美羽率先開口打招呼，阿巧也回應了她。

然後，他看向我。

以略顯羞赧的表情直直地注視著我。

我雖然也很難為情——卻也回望著他，沒有移開視線。

和他正面相對。

「早安，綾子小姐。」

「早，阿巧。」

一如往常、一如既往的招呼語。

但是——感覺與過往有些不同。

或許只是我想太多了也說不定。

抑或真正會所有不同——有所改變的是今後。

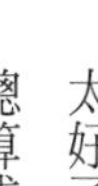

往後我們的關係，究竟會和以往產生何種變化呢——

「……你們幹嘛一早就互相凝視啦。」

「「——！」」

美羽嘲弄的口吻讓不小心就互相凝視的我們瞬間回神，連忙互相別開臉。

「我好像會打擾到兩位呢。需要我這顆電燈泡先走一步嗎？」

「……別開玩笑了。走了啦。」

「是是是～那麼媽媽，我出門了。」

「我走了，綾子小姐。」

「路、路上小心～」

我目送兩人走出玄關。

大門關上之後——我重重吐了一口氣。

唉。

太好了。

總算成功辦到了……大概吧。

雖然因為才不過是昨天的事情，我一見到阿巧的臉，整顆心仍舊會怦通亂跳，腦袋也亂成一團，不過我總算是成功假裝平靜了。

從緊張中解脫的我慢吞吞地回到客廳——發現擺在餐桌上的手機，收到了ＬＩＮＥ的訊息。

對方是——剛剛才道別的人。

「阿、阿巧……？」

我訝異地打開訊息畫面。

上面寫著：「早安，綾子小姐。真高興見到妳有精神的模樣，我總算鬆了一口氣。」這樣的招呼語和關心的話——接下來的句子卻讓我嚇破了膽。

「綾子小姐，請問妳這個週末有事嗎？

如果有空，

我們要不要兩個人一起出去走走？」

「……咦、咦、咦～～～！」

我困惑地放聲大喊，當場癱坐在地。

這是……在邀我約會吧？

完全就是這麼回事吧？

感覺……他絲毫不打算隱藏對我的好感？也不打什麼牽制球和變化球，直接就向我發動超級直球的攻擊了！

攻勢猛烈無比！

而且非常露骨！

──我會努力讓綾子小姐喜歡上我。

我回想起昨天的話。

呃，那個……不管怎麼說，這樣會不會太突然了？即使要努力，難道就不能稍微悠哉一點嗎？他明明就說自己太急躁，以後會慢慢來的……

我感到既害羞又困窘……又有點開心，感覺無論腦袋還是心都快要失控了。

歌枕綾子。

3×歲的單親媽媽。

雖然有個非常可愛的女兒，如今卻有一名比起可愛女兒更喜歡我的特別男孩，對我展開熱烈追求。

而我好不容易姑且得到片刻的緩衝……本應如此。

說不定……我被他籠絡收服，變得毫無招架之力，只是時間早晚的問題。

後記

我認為談戀愛這件事，意外地反而是在成為大人之後會變得比較困難。除了喜歡不喜歡之外，無論如何都會牽扯到工作、年收入、存款、結婚、雙方家長、小孩等各式各樣的因素。該怎麼說呢，總覺得層次和只要有感情就能談戀愛的學生時代不同。甚至連告白，學生的話只要當面說「我喜歡你，請跟我交往」就好，可是成為大人之後，便會對那種青春洋溢的舉動感到難為情。失戀時也是一樣，學生可能只要幾年後環境改變了，人際關係可能也會跟著重新設定，大人卻不行。人年紀愈大就愈害怕跌倒，會在戀愛面前變得膽小、裹足不前。本作的女主角，是一名基於某個因素而有了孩子，不得不努力成為母親──成為「大人」的女性。以大人姿態度過這些年的她，面對從意想不到的角度朝自己猛地投出的單戀直球，不僅嚇得後退，還找了一堆藉口拚命逃跑。儘管如此，最後她終於還

是稍微鼓起勇氣去面對現實。

大家好，我是望公太。

這是我第一次在電擊文庫和大家見面。

這是一個描述收養姊姊夫婦的孩子的未婚單親媽媽，以及長年單戀那名女性的少年之間的故事。不用說，這部作品完全是基於我本人的嗜好而創作的。

我一直都好想寫一個以鄰居媽媽為女主角的愛情喜劇……！

關於這種類型，應該說這部系列作——我打算以「青年主角和鄰居媽媽的一對一純愛愛情喜劇」為方針，進行下去。不開後宮，而是描寫全心全意只對一人專情的主角。順便告訴大家一個不是很重要的創作祕辛，那就是登場人物的名字全是取自日本東北地區的難讀地名。這個祕辛真的不知道也無所謂。

那麼，以下是感謝的話。

責編大人，非常感謝您願意首肯通過如此天馬行空的企畫。其實我本來並不抱希望，所以當聽到可以寫時，比起開心，內心更多的是「電擊文庫瘋了嗎……？」的錯愕。ぎうにう老師，謝謝您畫了這麼漂亮的插圖。綾子媽媽和我想像中一樣是位美麗的母親，真是太棒了。

然後，我要向閱讀本書的各位讀者致上最深的謝意。

那麼，有緣的話，我們就在第二集相見吧。

望公太

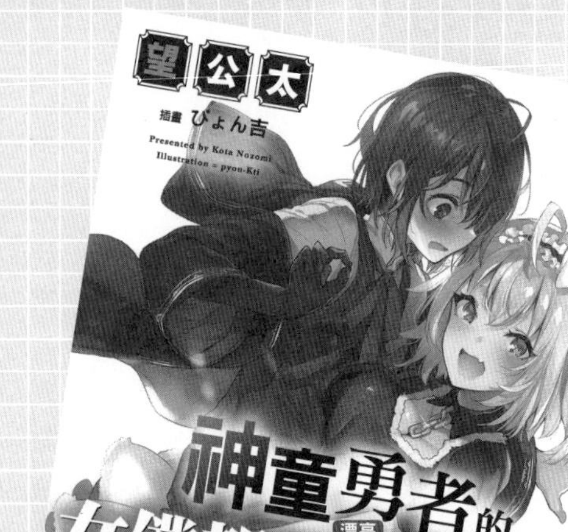

神童勇者的女僕都是漂亮大姊姊!? 1~3 待續

Kadokawa Fantastic Novels

作者：望公太　插畫：ぴょん吉

「比起這個國家的律法，
我更看重妳的想法。」

少年和大姊姊們的生活仍充滿騷動！為探查諾因的真面目，席恩開始調查身上魔王的詛咒。同時，來到鎮上的雅爾榭拉發現有貴族正在進行「反奴隸運動」。幾天後，有個商人來到席恩的宅邸，並帶來兩名年幼的混血妖精。正好就是身處改革漩渦中的奴隸……

各 **NT$200/HK$67**

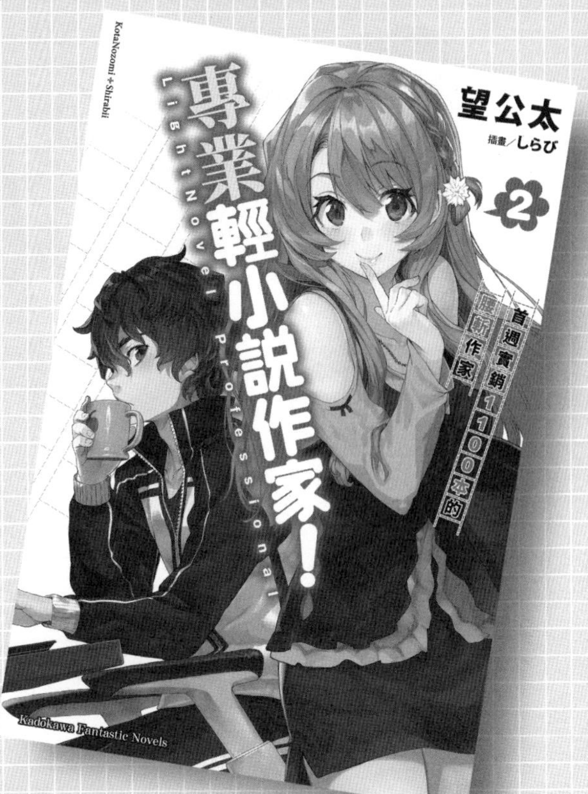

專業輕小說作家！ 1~2（完）

作者：望公太　插畫：しらび

宅男大膽向辣妹告白，
會被當成噁宅還是變成現充!?

「嫁給我吧。」神陽太向擔任助手的青梅竹馬結麻，坦承隱藏多年的心意，兩人的關係產生決定性的變化——同時陽太開始為後輩小太郎展開特訓，以便將她從「不講道理的輕小說界」裡拯救出來！沒加班費又忙到爆肝的輕小說作家青春戀愛喜劇！

各NT$220/HK$73

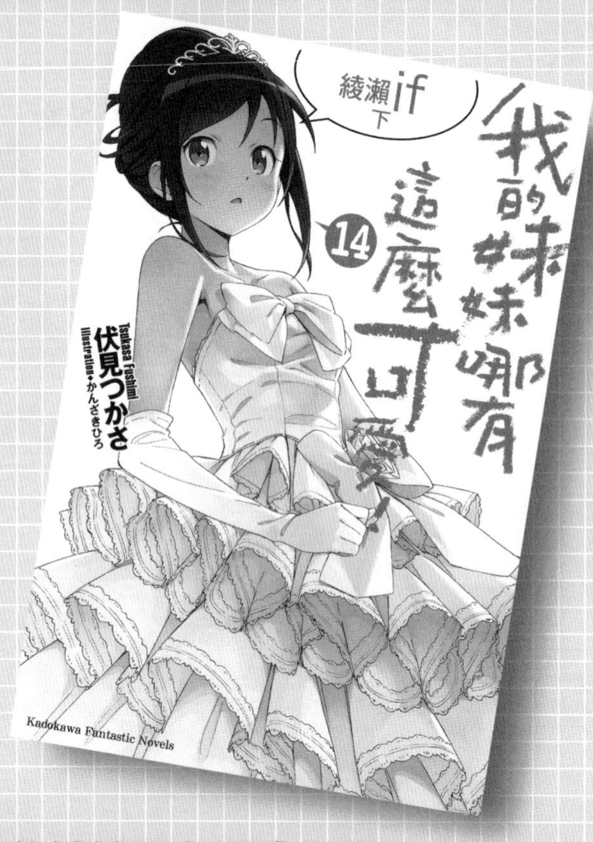

我的妹妹哪有這麼可愛！ 1~14 待續

Kadokawa Fantastic Novels

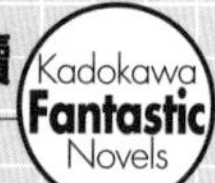

作者：伏見つかさ　插畫：かんざきひろ

桐乃終於得知了我們的祕密——
新垣綾瀨if路線，隆重完結！

高中三年級的夏天。我接受了綾瀨的告白，兩個人成為情侶。對新的關係感到困惑的同時，我們還是為了一起度過所剩不多的暑假而訂立計畫。雖然遭遇到種種困難，但我們還是每天相會，加深兩人之間的羈絆——

各 **NT$180~250/HK$50~70**

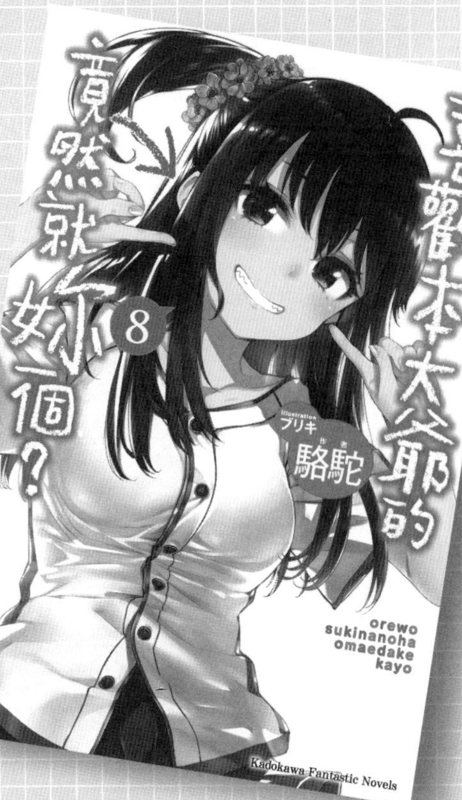

喜歡本大爺的竟然就妳一個？ 1~8 待續

Kadokawa Fantastic Novels

作者：駱駝　插畫：ブリキ

「勝利的女神」以活潑公主的樣子出現？
棒球少年與自由奔放少女一起度過了夏天……

「勝利的女神」這種東西，會突然從體育館後面的樹上掉下來耶，還會不客氣地一腳踩進我的內心世界。投手和球隊經理漸漸縮短了彼此之間的距離……應該是這樣，可是有一天，公主突然對我說「再見」，然後就消失了。就先聽我說說這個故事吧。

各 **NT$200~250/HK$60~83**

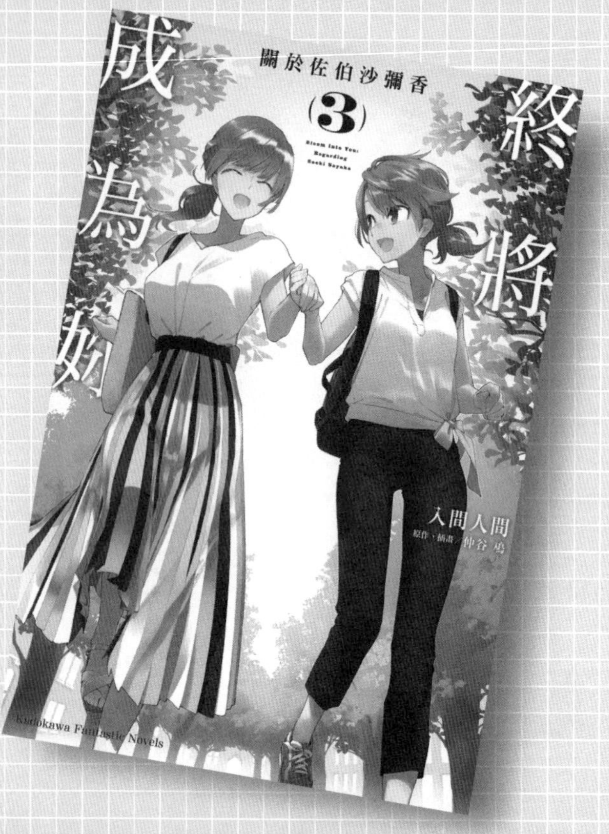

終將成為妳 關於佐伯沙彌香 1~3（完）

作者：入間人間　插畫：仲谷 鳰

睽違了多年的「相遇」——
沙彌香的戀愛故事完結篇。

小一歲的學妹枝元陽愛慕升上大學二年級的沙彌香。儘管沙彌香一開始警戒著積極地表達好意到甚至令人無法直視的陽，最終仍有如回應她的好意那般，開始摸索戀愛的形式，下定決心，要試著碰觸那星星看看……

各 **NT$200/HK$67**

新約 魔法禁書目錄 1~20 待續

作者：鎌池和馬　插畫：はいむらきよたか

上条面對一場無人期望的決戰。
在激戰之中，解救他脫離困境的竟然是——

亞雷斯塔毫不猶豫就拋棄根據地——學園都市，對魔法大國英國展開總攻擊。力量凌駕於大天使愛華斯之上的大惡魔克倫佐，封印將在不久後解開。儘管非得在那之前從倫敦找出其弱點不可，然而這對英國清教而言，怎麼看都是科學陣營的侵略……

各 **NT$180~300/HK$50~98**

國家圖書館出版品預行編目資料

你喜歡的不是女兒而是我!?/望公太作 ; 曹茹蘋譯.
-- 初版. -- 臺北市 : 臺灣角川股份有限公司,
2021.04-
冊; 公分
譯自 : 娘じゃなくて私が好きなの!?
ISBN 978-986-524-363-0(第1冊 : 平裝)

861.57 110002186

媽媽

你喜歡的不是女兒而是我!? 1

（原著名：娘じゃなくて私が好きなの!?）

2021年4月12日　初版第1刷發行
2022年3月18日　初版第2刷發行

作　　者：望公太
插　　畫：ぎうにう
譯　　者：曹茹蘋

發 行 人：岩崎剛人
總 編 輯：蔡佩芬
編　　輯：邱璟萱
美術設計：莊捷寧
印　　務：李明修（主任）、張加恩（主任）、張凱棋

發 行 所：台灣角川股份有限公司
地　　址：104台北市中山區松江路223號3樓
電　　話：（02）2515-3000
傳　　真：（02）2515-0033
網　　址：www.kadokawa.com.tw
劃撥帳戶：台灣角川股份有限公司
劃撥帳號：19487412
法律顧問：有澤法律事務所
製　　版：尚騰印刷事業有限公司
ISBN：978-986-524-363-0